내 나이가 어때서

내 나이가 어때서

초판1쇄 인쇄 2018년 5월 16일
초판1쇄 발행 2018년 5월 21일

지은이 | 김숙자
펴낸이 | 김향숙
펴낸곳 | 인북스
등록 | 1999년 4월 21일(제2011-000162호)
주소 | 경기 고양시 일산서구 성저로 121, 1102동 102호
전화 | 031) 924 7402
팩스 | 031) 924 7408
이메일 | editorman@hanmail.net

ISBN 978-89-89449-63-8 03810
ⓒ 김숙자, 2018

값 12,000원
잘못된 책은 바꾸어 드립니다.

이 도서의 국립중앙도서관 출판시도서목록(CIP)은 서지정보유통지원시스템 홈페이지(http://seoji.nl.go.kr)
와 국가자료공동목록시스템(http://www.nl.go.kr/kolisnet)에서 이용하실 수 있습니다.

숙자's 스토리

내 나이가 어때서

김숙자 지음

인북스

귀여운 여인, 김숙자 님께

숙자 님! 당신이 올해 회수(喜壽), 77세라고요? 정말 믿을 수가 없네요. 우리가 처음 만난 때가 벌써 5년쯤 지났나요? 제가 사랑채노인복지관에서 진행하는 '자서전 쓰기' 수업을 받으러 오셨을 때, 당신은 은색 머리가 멋진 70대 초반이었어요. 난 당신을 보면 안톤 체호프의 소설 〈귀여운 여인〉에 나오는 주인공 올렌카를 떠올려요. 여러 번의 사랑과 실패에도 좌절하지 않고 자기만의 방법으로 사랑을 만들어가는 올렌카를요.

당신은 참 열정적이었어요. 호기심 많은 소녀처럼 반짝반짝 눈이 빛났고, 시원한 필체로 글을 참 잘 썼어요. 어느 유월의 빨간 장미를 표현한 글은 나이답지 않게 섹시했고, 〈다시 태어난다면〉이라는 글에서 전우치가 되어 이 세상을 종횡무진 날아다니고 싶다고 했을 때 전 깜짝 놀랐어요. 그건 상상력 풍부하고 꿈 많은 어린이들이 주로 하는 생각이었거든요. 당신의 솔직하고 거침없는 성격은 내손도서관에서 쓴 〈꽃을 든 남자〉나 〈차 한잔 하실래요?〉 같은 글에서도 나타나지요. 그래요, 일흔이 넘은 나이지만 설레는 감정, 두근거리는 마음까지 늙는 건 아니겠죠? 철학자 김형석 교수가 95세에도 건강을 유지하는 비결을 '이성 친구를 가지는 것'이라고 손꼽으셨어요. 그 말씀처럼 '남사친(남자사람친구)'이 있어서 함께 대화를 나눌 수 있다면, 그게 뇌가 늙지 않는 비결일 것 같네요.

당신이 나의 대학 선배이기도 한데, 내가 너무 예절 없이 대한 것이 아닌가 싶어요. 예를 들어 "금수저 물고 태어난 당신이 한때 어렵고 힘든 과정을 겪지 않았으면 좋은 '사람' 될 수 있었겠어요?" 같은 말. 자칫하면 오해할 수도 있을 텐데 당신은 제 말의 의미를 늘 예쁘게 받아주셨어요. 이 자리를 빌려서 감사드립니다.

50년 만에 미대 출신의 감각을 되살려 그림을 그리고, 칠십 평생의 삶을 솔직하게 정리한 책을 내신 당신! 최근에 정열과 건강이 다소 약화된 것 같아 걱정스럽기는 하지만, 앞으로도 그림 그리고 글 쓰며 멋진 인생을 만들어 가시리라 믿습니다.

귀여운 여인 김숙자 님, 희수에 첫 책 내신 걸 진심으로 축하합니다!

김우남(소설가) 올림

뻔뻔함과의 작당

2013년은 저에게 '터닝 포인트'가 되는 해였습니다. 의왕시에 있는 사랑채복지관을 다니면서 대학 졸업한 지 50여 년 만에 붓 대신 연필화를 시작했고, 내손도서관에서 글쓰기를 시작한 첫해이기 때문입니다.

그동안 77년을 살아오면서 기쁜 날 슬픈 날이 얼마나 많았는지…… 글쓰기를 하면서 가슴과 머릿속에 남아 있는 추억들을 마음속으로 정리하다 보니 책으로 남기고 싶은 생각이 들기 시작했습니다. 그러나 그때 그건 막연한 희망일 뿐이었습니다.

지나간 기억들을 한 장 한 장 다시 끄집어내면 어느 때는 기억하고 싶지 않은 일 때문에 가슴이 쓰렸고, 아쉬웠던 일은 다시 되살아났고, 좋았던 일들을 생각하며 혼자 웃기도 했습니다.

　이제 모든 나의 생활을 다듬질할 때! 그동안 써왔던 글과 그림을 하나의 책으로 남겨 보는 게 어떻겠냐고 했을 때 부끄러움이 앞섰지만, 저의 뻔뻔함과 작당하며 저 스스로 공범이 되어 이렇게 출간의 결실이 이루어지게 되었습니다.

　우남 선생님의 격려와 옆에서 도와주신 '광장' 식구들이 아니었으면 이루어지지 못할 꿈이었을 것입니다. 도와주고 지지해 준 여러분, 그리고 여러 겹의 인연으로 얽힌 김우남 선생님께 다시 한번 진심으로 감사를 드립니다.

2018년 오월에
지은이 김숙자

차 례

3. 다시 태어난다면

4. 새드 무비(Sad Movie)

5. 나는 닭다리만 네 개!

6. 죽음, 그에게 보낸다

7. 차 한잔 할래요?

1. 줄리앙, 나의 줄리앙

오스트리아 볼포강에서 2017. 6. 정○○

유화로 채색

볼프강의 추억

오스트리아에서 배를 타고 넓은 호수를 한 바퀴 돌았다. 하얀 뭉게구름이 핀 푸른 호수가 시원해 보인다.

개인 주택이 많다. 빌라, 리조트 그리고 공공건물이 제각기 멋을 뽐내며 호수를 내려다보고 있다.

간간이 조그마한 모터보트를 타고 하얀 머리를 날리며 조용히 호수를 달리는 노부부들이 있다. 나이 들어 호숫가에 집을 짓고 사는 사람들이다.

이곳은 오스트리아 사람들이 은퇴 후에 가장 살고 싶은 곳이란다.

유화로 채색

안개 낀 부다페스트

부다페스트의 안개 낀 다리.
동서를 잇는 강 위의 다리.
온갖 영욕이 지나가고 화려했던 날들이 쓸쓸히 안개에 휩싸여 있다.

유화로 채색

종탑이 있는 풍경

언덕 위에 올라 내려다보니 너무나도 아름다운 풍경이다.

종탑이 엇갈려 있고, 붉은 지붕이 이마를 마주하고 늘어서 있다.

멀리 보이는 성채는 이름 모를 과거의 화려했던 성주의 자취 던가, 엄숙한 수도사들이 기도하는 수도원이던가?

4B 연필로 스케치

나의 줄리앙

가장 기본적인 소묘 줄리앙!

학교 다닐 때 줄리앙에게 반하여 몇 번이고 그렸었지.

그러나 모든 여건은 나를 나락으로 떨어뜨리고……. 50년 후 다시 손에 쥔 4B 연필이 나를 다시 일으켜 세우기 시작했다.

2008년 산본의 작은 화실에서 그렸다.

4B 연필로 스케치

얼룩말

두 귀가 쫑긋한 얼룩말!

눈망울이 너무나도 맑은, 내가 좋아하는 동물 중 하나다.

연필화를 시작하고 얼마 되지 않아서 그려본 그림이다.

말은 천성이 착하여 사업하는 사람이 가까이하면 성공한다고 하여서 그렸다.

지금 막내아들 사무실에 주인인 양 걸려 있다.

유화로 채색

모네의 꽃 모음

화사한 꽃다발을 작은 유리병에 꽂은 모네의 꽃 모음을 따라 그렸다.

봄을 느끼게 하는 듯!

내 마음도 꽃과 같이 화려한 날이 있었나?

수채화 연필로 채색

비 내리는 오타루

오타루 운하!

홋카이도 여행 중에 비 내리는 운하를 걸었다.

한때 온갖 상선들이 오가는 번성한 항구도시였는데, 이제는 옛 자취만 남아 있었다.

아, 세월이여!

4B 연필로 스케치

나탈리 들롱

●
○

알랭 들롱의 부인 나탈리 들롱!

세상에서 가장 인기 있는 미남 배우와 결혼한 자신만만한 여자의 눈동자.

70의 나이를 건너뛴 어느 날, 다시 시작한 나의 그리기 열정이 보일까?

2016. 2.

유화로 채색

도라지꽃

모네의 도라지꽃!
푸른 물이 묻어날 듯 활짝 핀 꽃!
은은한 꽃향기가 마음을 차분하게 해줄 것 같다.
언젠가 생화로 꽂아보고 싶다.
내 침대 머리맡에 두고 꽃잎을 세면서 보고 싶다.

수채화로 채색

우아한 수탉

오래전 큰댁에 잠시 머물렀을 때 병아리 다섯 마리를 아이들을 위해 키웠더랬다.

병아리들의 색깔이 모두 달라 거기에 맞는 이름들을 지어서 아이들에게 각자 한 마리씩 키우게 했다.

비둘이, 깜둥이 심술이 등.

그때 느꼈지만, 사랑으로 대하면 말 못 하는 동물들도 나를 알아보고 말귀 다 알아들었다. 지금 우리 집 귀염둥이 강아지 코코처럼 애교쟁이들이었다. 그래서 가끔 생각난다.

나중에라도 여건이 된다면 닭을 꼭 다시 키우고 싶다. 그때는 좀 더 나은 환경에서, 드넓은 초원에서 마음껏 흙 냄새와 풀 냄새 맡으며 자유롭게 뛰노는 닭들과 함께 자연을 만끽하고 싶다.

유화로 채색

남한강변에서

양평의 어느 한적한 곳.
물도 맑고, 하늘도 맑고, 길도 끊긴……
이런 곳에 오두막을 짓고 살고 싶어요.

4B 연필로 스케치

동반자

노후의 동반자!

한 분은 약간 치매가 있는 것 같다.

사랑채복지관에서 연필화 시간에 그린 그림이다. 노인들만
이 오는 곳이기에 가장 잘 어울리는 그림을 그리고 싶었다.

복지관은 어르신들의 불편함을 해소해 주는 곳. 젊을 때 하
지 못해 미련이 남는 것을 가르쳐주고, 여러 가지 복지시설도
많다.

행복했던 옛날을 그리워하면서 서로에게 의지하는 노인들의
표정이 좋아서 숲속마을 경로당에 걸어놓았다.

2. 하나의 나뭇잎이 흔들릴 때

유월

유월은 향기의 달!

골목 담장 너머 붉은빛 장미 향이 퍼지고 아파트 철책 위에 살포시 올라앉은 탐스러운 꽃송이에서 달콤한 향기를 뿜어낸다.

따스한, 아니 뜨거운 여름을 재촉하는 햇빛을 받아 잎들은 푸르고, 하이얀 밤꽃은 비릿한 남정네의 욕정을 흘려보내고 있다.

유월! 신록이 농염한 여인네의 치마폭처럼 온 산천을 뒤덮을 때, 향기에 녹아든 사람들은 너도나도 밖으로 나간다. 고속도로는 끝없이 밀리고 산길은 온통 최신형 아웃도어룩으로 뒤덮인다.

유월은 여자들의 마음을 들뜨게 한다는데 아마도 이런 유월의 향기가 가슴 깊이 숨이 되어 차오르나 보다. 어스레한 초저녁 공원을 거닐다 보면 수줍은 듯 발그레한 볼을 접은 자귀 꽃 잎이 보인다. 연꽃은 잠자리에 든 듯 물속에서 머리꼭지만 빼꼼히 내밀고 수면은 연잎과 함께 초여름 밤을 즐기는 듯 사방이 고요하다.

유월의 밤은 꽃들이 모두 잠자고 들장미 향기들도 숨었다. 꽃들의 세상인 유월의 밤은 이렇게 깊어간다.

빨래

햇볕이 따갑다. 가을의 문턱을 넘어서 햇볕이 방안을 기웃거리기 시작하면 바람은 소슬하고 나뭇잎들은 왈츠를 추듯 미끄러져 나부낀다. 어김없이 계절은 바뀌고 있는데 왜 이리 허한 느낌이 드는 걸까. 이런 날은 여름철 가랑이 사이에 끼어 있던 얄팍한 이불들을 걷어내고 베갯잇을 홀랑 벗겨 세탁기에 빠뜨린다. 세제를 넉넉히 부으면서 시간을 흘깃 쳐다보며 끝날 때까지 어떻게 지낼 것인지 생각한다.

세탁이 끝날 때까지 1시간 30분. 그 시간은 순식간에 지나고 끝맺음 신호가 울릴 때 화들짝 놀라 빨래를 꺼내어 곱게 털어 건조대에 넌다. 새하얀 빨래들이 줄줄이 널려 따가운 햇볕 아래서 바짝 마를 때를 기다린다.

다음으로 방마다 걸려 있는 커튼을 내려 핀을 뽑고 세탁기에 돌린다. 커튼은 자주는 못 빨아도 햇볕이 따사롭고 긴 날에 빨아 탈수한 다음, 핀을 꽂아 걸어 놓으면 향긋한 라벤더 향기에 나 자신이 초원에 나와 있는 듯하다.

이렇게 집 안에 라벤더 향이 퍼질 때 나는 머릿속의 잡념과 마음속의 구겨진 온갖 추악한 상념들을 모아 세탁기에 넣고 빨고만 싶어진다. 그리하여 새로운 내가 되고 싶고 또 다른 내가 되기를 빌어본다.

나를 슬프게 하는 것

추적추적 봄비가 내린다.

온갖 꽃들이 피려는 이때, 비가 내리면 어쩌란 말이냐. 봄을 좋아하지는 않지만 이렇듯 알싸한 추위와 함께 찾아온 봄비가 원망스럽게 느껴진다.

우산도 없이 손수레에 종이상자를 잔뜩 싣고 모자를 눌러쓴 다리가 불편한 할머니가 길을 건너고 있다. 얼굴이 가려지게 우산을 쓴 사람들 사이를 걸어가는 할머니를 어느 누구도 눈여겨보는 이가 없다. 생각만 해도 쓸쓸해지는 일이 아닌가?

활짝 피었던 벚꽃들이 봄비에 흩날려 회색 아스팔트 위로 겹겹이 쌓이고 그 쌓인 위로 발자국이 찍히면서 꽃잎들의 잔해가 밟히고 찢겨 우는 것을 보았는가?

어느 한가한 오후, 지난날들을 돌이켜보면서 떠오르지 않는 환영에 집착하다 보면 물안개 속에 스러져가는 것처럼 옛날에

사랑했던 사람이 떠오르지 않는 망각의 한때를 맞이하는 나의
노년에 슬픔을 보낸다.
　소중하게 간직했던 지난날의 손때가 묻은 일기장 갈피
에……

동지팥죽 끓여 먹기

일 년 중 가장 늦은 절기인 동지에는 팥죽을 끓여 먹는다. 팥을 유난히 좋아하는 나는 웬만하면 잊지 않고 끓여 먹는다.

찹쌀 새알심을 쟁반 위에 가득 만들어 놓고 팥이 끓으면 동동 띄워서 커다란 나무주걱으로 휘휘 저으면 밑에서 익은 새알이 쏘옥 올라온다. 한소끔 김이 나간 후 여러 그릇에 떠서 식탁위에 올려놓으면, 가족들이 각자 설탕을 약간 넣고 잘 익은 김장김치와 함께 먹기 시작한다. 다행히 아이들도 나를 닮아 팥죽을 좋아해서 순식간에 그릇 바닥이 보인다.

어렸을 때는 할머니가 팥죽을 가마솥에 가득 끓여서 뒤꼍 장독대 위에 놓으면 표면이 하얗게 얼어 국자로 깨트려서 속에서 꺼내 먹기도 했던 기억이 난다. 얼음이 사각사각하면서 먹는 맛이란 오돌오돌 떨면서 먹는 값을 충분히 치르게 한다. 거기에 지하실에 있는 동치미 한 대접을 아랫니 윗니 딸각딸각 소리 나도록 같이 먹으면 어린 나이에도 그 이상 맛있는 게 없는 것 같았다.

이제는 할머니도 엄마도 안 계신 지금, 내가 그때의 할머니 나이보다 많은데, 마주 앉아 팥죽을 같이 먹을 손자 손녀는 어디에 있는지? 해마다 끓이는 팥죽을 올해도 아들과 며느리하고만 먹어야 하나 보다.

남도 기행

"어머니, 남해 힐튼에 예약했는데 괜찮으시겠어요?"

며느리가 나에게 물었다. 일주일 넘게 아팠던 엄마를 위해 아들이 내가 좋아하는 힐튼 리조트에 예약을 했단다.

"남해라고? 가야지." 나는 신이 났다.

내가 남해 힐튼을 좋아하는 이유는 가는 길이 바다를 바라보며 갈 수 있기 때문이기도 하지만, 아득한 바다에 떠 있는 거북이 같은 섬과 언덕에 있는 리조트가 너무나도 마음에 들어서였다. 자그마한 섬을 연결한 다리를 지나면 풀빌라 15채가 바다를 향해 둥글게 자리하고 있다. 옆집이 보이지 않고 바다만 보이는 너무나도 좋은 집이다.

모두 2층으로 되어 있고 넓은 통유리창으로 되어 있어 조망이 끝내줬다. 아직은 추워서 수영은 못하지만, 집마다 풀장이 있어 수영도 할 수 있고 바로 욕조가 있어 물을 받아놓으면

'아! 이것이 세상 사는 맛이구나' 하고 느낄 수 있다. 아들과 며느리가 골프를 하지 않아 골프 멤버는 아니지만 일 년에 한두 번 초대를 받아 1박이나 2박을 할 수 있어 너무 좋았다.

푹신한 침대에서 햇살을 받으며 눈을 뜨고 간단하게 아침을 먹은 후 쌍계사를 향하여 길을 나섰다. 벚꽃은 이미 지고 파란 새잎이 밝은 햇살을 받아 눈부시게 빛나는 섬진강 가를 달리다 보니 푸른 소나무 숲이 끝없이 펼쳐졌다. '송림공원'이라는 팻말이 있고 반짝이는 섬진강 물결과 나란히 보행로가 펼쳐진 이곳이 섬진강이었다. 강 건너편은 광양이고 이쪽은 하동인데, 조영남의 노래가 생각났다.

그냥 지나칠 수 없어 송림공원을 걸어보았다. 푸르른 소나무 숲이 너무도 좋았고 가끔 후두두 떨어지는 쓸모없는 솔방울에 깜짝 놀라는 재미도 있었다. 그동안 여러 번 이 길로 지났을 터인데 왜 이런 좋은 곳을 그냥 지나쳐 버렸나. 오래된 벚나무는 터널을 이루듯 맞닿아 있고 반짝이는 섬진강 물길 곁으로 소나무들이 빛나는 햇살을 받아 푸르고 푸르다.

구불구불 구부러진 길을 지나니 남도 특색의 음식점이 하나둘씩 길가에 숨어 있다. 전통 팥죽집으로 들어가니 무뚝뚝한 주인아저씨가 한 가지로 통일하란다. 무슨 말인가? 칼국수면 칼국수, 옹심이면 옹심이. 칼국수로 세 그릇 시키고 앉아 있으니 넓적한 스테인리스 그릇에 칼국수가 나왔는데 청계에서 먹던 팥 색깔이 아니고 좀 멀겋게 보였다. 설탕 한 숟갈을 넣고 맛을 보니 괜찮아 모두들 한 그릇씩 비웠다. 열무김치가 상큼하게 익어서 맛이 있었다.

삼협댐을 보고 와서

　수년 전, 뉴스를 통해 중국에서 삼협댐 공사하는 것을 본 적이 있다. 그때 어마어마한 공사 규모에 놀라서 한번 가보고 싶었는데, '양쯔강 크루즈'라는 신문광고를 보고 반가웠다. 어렸을 때부터 물을 무서워해서 수영도 하지 않고 배도 타지 않았는데 이번에는 '17,000톤급'이라는 커다란 배를 타고 1,100km를 가는 긴 여행이란다.

　가는 동안 주변 언덕에는 하얀 서구식 별장 같은 집들이 옹기종기 촌락을 이루어 가느다란 실과 같은 산길로 연결되어 있었다. 시골은 우리나라처럼 많은 사람이 사는 것 같지 않은, 아주 깨끗한 마을이었다. 농지가 많지 않은 산지라 밭도 거의 볼 수 없었고 높은 산자락에 감자와 옥수수를 재배해서 생활하는데 주민 거의가 나이 든 사람과 어린아이들이었다. 젊은이들은 도시로 나가 일을 하고, 모든 집은 정부에서 지어 수몰 지구에서 이주시켜 준 것이란다.

양쯔강을 가다 보면 백제성이 있는데 강 가운데 절벽의 섬에 성을 짓고 흰 연기의 황제라고 칭한 작은 나라가 있었다. 223년 유비가 패하고 이곳에서 죽음을 맞이했다 한다. 《삼국지》의 유적이 많이 남아 있는데, 산허리에 대나무로 길을 만들어 수 킬로에 달하는 장도는 걷는 이의 가슴을 조이게 한다. 그 길을 이제 콘크리트로 만들어 사람들이 걸어 다니게 했다니, 그 옛날 중국 사람들의 머리가 비상했던 것을 느끼게 한다. 그리고 우리나라와는 너무나도 다른 웅장하고 거대한 것을 창조한 것이 입을 다물지 못하게 했다.

삼협댐은 커다란 배가 좁은 수로를 지나 위 수면으로 올라올 때까지 세 시간 반이 걸리는데 그것을 사람의 힘으로 할 수 있었다는 것이 너무나도 경이로웠다. 물론 인구가 많아서 이른 시일 안에 완공되었다고는 하나 그 어마어마한 건설을 생각했다는 것 자체가 나로서는 놀라운 일이다. 무엇을 보아도 우리나라와는 비교도 안 될 만큼 크고 넓고 많다는 것 이외에는 아무것도 느낄 수 없었다.

화강암투성이 땅 위에 50층 아파트가 즐비하게 늘어서 있고, 고속열차가 시속 340km로 달리며, 수많은 인파가 시내를 오가는 중경. 시내에 가릉강을 건너는 다리만도 4,000여 개가 있다고 하니 3,300만의 인구가 살고 있는 중경 시의 크기에 놀라지 않을 수 없었다.

　이제까지 중국 여러 곳을 다녔는데 그것은 코끼리 다리 만지기 식의 관광이었던 것 같다. 이런 어마어마한 규모의 중국을 제대로 보지 못한 것에 대한 아쉬움이 생긴다. 중국이 더욱더 가까이 다가오는 느낌을 받으니 다음 여행지는 어디일까 궁금해진다.

돌아선 가평행

오늘도 팔당교를 건너다 돌아섰다. 끝없는 행렬, 한 발자국도 옮기지 못한 차들로 주차장이 되고 만 춘천 가도를 결국은 돌아서야 했다. 희뿌연 안개에 가려 단풍은 제빛을 발하지 못하고 바람은 차가운데, 차는 움직이지 않아 남양주에서 집으로 돌아선 것이다. 주말에만 가야 하는 나들이인데 벌써 세 번이나 가평길을 못 지나고 있다.

남이섬을 잠깐 들렀을 때의 진한 감동으로 가을의 남이섬을 밟고 싶어 오늘도 집을 나섰다. 강원도에는 눈도 많이 왔다지만 아직은 단풍철이기에 맘먹고 나섰던 발길인데 또다시 멈추었다.

마석 천마산을 거쳐 대성리까지 갔는데, 그곳에는 완전히 변해버린 신도시가 있었다. 높은 산과 키 재기를 하듯 솟아오른 아파트들이 나를 너무나 놀라게 했다. 이십여 년 전이었던

가. 대성리를 한두 번 갈 때 보았던 한가한 시골길은 어디로 가고 이렇게 변하고 말았나? 차마 입을 다물지 못하겠다. 수도권 인구가 아무리 많다 해도 이렇듯 많을 수가 있을까?

서울 북쪽으로, 서쪽으로, 동서남북 할 것 없이 이렇듯 넓어지고 아파트가 솟아나고 길은 점점 차들로 좁아지고 하늘은 매연으로 희뿌옇고. 이것이 대한민국의 발전이란 말인가?

물론 발전에는 개혁이 필요하고 희생도 필요하지만 이렇듯 자연을 희생시켜야만 하는 것일까? 천마산이 이젠 아파트에 가려서 보이지 않게 된 지금, 인간들의 두뇌 놀음에 자연은 무참히도 망가지고 마는구나! 먼 훗날 이곳이 문제가 되지 않을까?

대만을 보고 와서

여행은 항상 나를 들뜨게 한다. 2시간 30분간의 비행 후 닿은 섬나라 대만은 낯설지 않았고, 온통 초록의 밀림 같았다. 장개석 총통의 절약과 자연보호주의로 보존된 산은 자연 그대로인 정글 숲 같았다. 태로각 협곡도 어마어마한 대리석 산이건만 돌멩이 하나도 건드리지 못하게 한단다.

섬나라이기에 아파트와 집들은 짓다 만 것 같고 회색빛이 벗겨져 볼품없는 폐가 같았다. 해풍과 일 년이면 1,000여 개 이상 발생하는 태풍 때문에 외관은 아무런 포장도 하지 않는단다.

박물관은 산 아래 동굴 같았다. 본토에서 장개석이 가져왔다는 보물은 어마어마하게 많아서, 한꺼번에 모두 전시하지 못하고, 3등분 하여 수시로 바꾸어 전시한다고 한다. 많은 기대감에 흥분되어 갔지만, 기대가 컸던 탓인지 적잖이 실망하였다.

양귀비 석상이 있었는데 굉장히 키가 작고 뚱뚱한 여자였다.

입은 볼살에 묻혀 있고 눈은 위로 치켜 올라간 실눈이었다. 그런 여자가 한 세대를 울리고 한 나라를 몰락으로 끌고 간 여자라니, 우리 일행은 웃으면서 바라보았다.

그리고 101빌딩 전망대로 올라갔다. 중국 사람은 숫자 8을 좋아해서 8층마다 올려서 101층을 올렸단다. 101은 영원히 시작하는 숫자라고 한다. 전망대에는 온통 산호와 옥으로 빚어놓은 작품들이 가득 놓여 있었는데, 조각은 가히 일품이었다. 최근에는 바다가 오염되어 산호가 점점 사라진다고 한다. 진주는 양식할 수 있지만, 산호는 양식을 할 수 없는 자연산이라고 한다. 그래서인지 값이 만만치가 않았다.

전망대에서 타이베이 시내가 전부 보이는데 산으로 둘러싸여 아늑한 곳이었다. 대만에는 3,000m 이상의 고산이 380여 개가 있다니 믿어지지 않았다. 화산섬인데 어떻게 그런 높은 산이 있을 수가 있을까? 그렇게 높은 산이 온통 대리석인 산도 있다고 한다. 깎아 지른 듯 높은 산이 모두 대리석이었다. 산을 깎아 길을 내지 않고, 터널을 뚫어서 자연을 파괴하지 않으면서 자연적으로 길을 만들었다고도 한다.

산을 돌아서 가니 시원한 바람이 분다. 하얀 파도에 모래사장이 길게 뻗어 있어 걸어가 봤다. 아득한 수평선 너머에 아메리카 대륙이 있다고 한다. 바닷가를 거닐다 보니 구성진 노랫소리가 들려왔다. 머리를 수건으로 동여맨, 수염이 덥수룩한 남자가 기타를 치며 노래를 하는데 원주민이란다. 이들 원주민은 나라에서 보호하는데 게을러서 자기 일들을 하지 않고 저렇듯 자유롭게 살아간다고 한다. 바닷가에서 듣는 노랫소리에 취하여 발길이 떨어지지 않아 주머니의 동전을 찾아서 상자에 넣었더니 금세 〈아리랑〉을 불러준다. 특유의 편곡으로 가슴이 아리게 불러주었다.

갑자기 잊고 있었던 '세월호' 아이들이 생각났다. 지금쯤 다 찾았을까? 아니면 아직도 찾고 있을까? 이런저런 생각이 났지만, 노랫소리에 반해 나도 모르게 손과 발을 흔들어 박자를 맞추고 있었다. 태평양을 마주하고 있는 섬나라에서 원주민의 구성진 〈아리랑〉 가락에 맞추어 춤을 추었다.

모든 시름을 저 바다에 쓸어버리고 나도 "101"을 외쳐 보고 싶다.

잔인한 봄

　사계절이 분명한 우리나라의 첫 번째 계절은 봄이다. 우수, 경칩이 지나면 모든 꽃이 망울을 터뜨리고 흙은 숨을 쉬듯이 포슬포슬해지는 것 같다. 그러면 비료를 뿌리고 이랑을 만들고 파종할 준비를 할 것이다.

　이때는 새 학기가 시작되고 학생들은 새 교복과 가방, 신발들을 준비하고 새 학년을 맞는다. 새로운 선생님과 새 짝을 만나고 교실과 책상을 찾아 자리를 잡는다. 그리고 고등학교 2학년은 새봄이 되면 수학여행을 간다. 친구들과 2박 내지는 3박이면 얼마나 좋을지 하늘을 나는 듯 상상도 못 하게 신나는 일이다.

　그리하여 제주도, 설악산, 에버랜드 등 이름 있는 관광지로 목적지를 정하고 떠난다. 버스로, 비행기로 떠나고 선생님도 아이들과 같이 들떠 있다.

대한민국 모두가 봄맞이 가는 듯 길목마다 차들이 아우성이다. 밀리고 밀려 목적지에 다다르면 좋지만, 사고가 나고 다치고 버스가 뒤집히고 곤두박질치고……. 기사의 잘못인지 차량이 정비가 안 됐는지 잘못도 가리지 못한 채 사고는 묻혀간다. 부상당하면 다행이고 죽음이 오면 울다 지친 부모에게 얼마간 보상해 주면 그만이다.

자식을 잃은 마음에 무엇이 보상되랴? 하지만 우리나라는 왜 이렇듯 무심하게 되었는가. 군대에 가서 죽으면 모두 자살이라 단정하고, 학교에서 폭력으로 죽으면 친구끼리 싸우다 죽은 걸로 서로 합의하고, 성폭행하고 죽이면 전자발찌 채우고 6~7년 살면 그만이다. 부부가 이혼하여 남편이 아이를 맡았다가 딸을 때려죽여도 7년, 게임중독 돼서 두 살 된 자식을 죽여도 5~6년, 이 무슨 나라의 법이 이렇다더냐.

어제는 엄청난 일이 벌어졌다. 선장이 손자 손녀 같은 470명을 배에 두고 탈출한 일이 일어났다. 가슴이 답답하다. 어찌 이런 일이 일어났는가. 부모는 금쪽같은 자식을 물속에 묻고 어찌 살아가려나.

무슨 일들을 이렇게 하는가? 외국의 선례를 모르는가? 선장은 배의 주인이다. 배와 함께 생사를 같이하는 것 아닌가? 배를 탄 모든 사람은 선장을 믿고 타지 않는가? 그러면 남은 한 사람까지 모두 구하고 자신은 배와 함께해야 하는 것 아닌가?

영원히 용서 못 할 인간쓰레기들이다.

아까운 영령들이여! 이 봄도 온 국민 가슴에 피멍을 만들고 마는구나. 이 힘없는 할미가 너무도 가슴 아파 눈물을 뿌리는구나.

백작의 서재

부지런히 아침 설거지를 마치고 뒷문으로 나왔다. 서너 발자국 건너 작은 문을 연다.

며칠 동안 여행길에 오르느라 들어오지 못했던 나만의 왕국에 온 것이다. 향긋한 장미 향이 퍼지면서 밝은 햇볕이 창가에 가득히 내려앉아 나를 반기듯이 웃고 있다.

화분을 햇볕에 한 번씩 돌려주고 편안한 소라 모양의 의자에 앉아 빙그르르 돌리면서 주위를 돌아본다. 그동안 변한 것이 있나? 짐만 된다고 버릴까 말까 하던 작은 대나무 의자를 갖고 오길 잘했지.

포트에 전기를 꽂고 국화차 한 개를 컵에 담고 물이 끓기를 기다린다. 저번 여행 때 향이 너무 좋아서 사 온 국화차다. 물을 부으니 노오란 찻물이 국화 향과 함께 퍼지는 것이 나를 몽상에 빠지게 한다.

넓지 않은 공간에 화구며 책이며 원고지 들이 어지러이 널린 책상이 있고, 이젤 위에는 그리다 만 유화 캔버스가 놓여 있다. 노란 해바라기 다섯 송이가 길게 뻗어 해를 향하고 있다. 아직은 완성하지 않고 형태만 잡힌, 나의 마음을 온화하게 해주는 그림이다.

글을 쓰고 있지만 아직은 깊이까지 가지 못한 것 같다. 이 작은 공간에 앉아 수많은 공상을 하고 그림을 그리는 것이 내겐 얼마나 소중한 순간들인가? 비록 화려한 장식이나 가구는 없어도 내가 편히 작업할 수 있는 공간이 있고 따뜻한 차를 마실 수 있어 행복한 노년이 아닐 수 없다.

서가에는 처음 시작했던 연필화 스케치북과 글쓰기 원고들이 꽂혀 있고 언젠가는 추려야 할 습작들이 조금은 부담스러운 듯 많아져서 눈살을 찌푸리게 만든다. 어서 정리해야지. 이 생각 저 생각에 차 한 잔이 비워졌고 따사했던 햇볕도 수줍은 듯 발아래 내려앉은 것을 바라본다. 이렇듯 아늑하고 자그마한 나의 공간은 저 웅장한 성의 주인인 백작의 화려한 서재보다 더 소중한 것이라고 생각하고 싶다. 내가 꿈꾸던 화려한 성의 그 웅장한 서재보다도.

김장 이야기

올해도 어김없이 김장철이 왔다. 전에는 12월 초에 김장을 했던 것 같은데 올해는 11월 마지막 주말에 하게 되었다. 벌써 4년째 동해의 절임배추로 김장을 하니 별로 힘든 것은 없다. 막내아들이 무거운 것은 들어주고 채도 썰어주고 속도 버무려 준다. 그러면 며늘아기와 나는 배춧속을 넣으면 된다.

그 속이란 게 조금만 넉넉히 넣으면 모자라고 조금씩 넣으면 나중에 많이 남아서 다시 꺼내어 또 넣게 된다. 왜 못 맞추는지, 손이 맞지 않아서인가? 이번 김장은 그렇게 많이 모자란 것 같지 않았는데 반도 못해서 속이 모자란 것 같았다. 그렇게 맞추지 못해 먼저 한 김치는 속이 꽉 차고 나중 배추는 그저 고춧가루만 무친 것 같아 보였다. 배추는 속을 너무 많이 넣어도, 조금 넣어도 제맛이 나지 않는다. 적당히 양념이 들어가야 거기서 맛이 배어 김치가 맛이 있는 것이다. 그래서 부지런히 무를 썰고 다른 양념과 젓갈을 더 넣고 다시 버무려 넣었다.

아직까지 아이들이 엄마 김치가 제일 맛있다고 하는데 그것은 내가 양념 배합을 잘했기 때문일 것이다. 색다른 것은 넣지 않는데 맛이 있다는 것은 양념 배합이 적절했기 때문일 것이다. 그런데 올해는 왜 배추와 양념이 맞지 않았을까? 손도 나이가 들어서 감을 잡지 못하는 것일까?

어쨌든 모든 양념이 조금 남아서 다시 버무려서 넣고 나서야 김장이 완전하게 끝이 났다. 올해 김장도 끝나고 뒷설거지도 끝나고 나니 홀가분한 마음뿐이다. 큰일을 끝냈으니 내일은 사우나 가서 뜨거운 찜질을 해야겠다.

하나의 나뭇잎이 흔들리면

소슬한 초여름 한낮, 바람이 불고 푸른 하늘은 흰 물감을 풀어 놓은 듯 구름이 멋대로 휘젓고 다닌다. 푸르른 나무들은 한껏 치마폭을 넓히며 고개를 쳐들어 키 재기를 하듯 뽐내고 있다.

일 년의 반. 그 그루터기에 걸터앉은 오늘. 너도나도 아쉬운 마음에 한숨지으면서 가는 세월의 뒷목을 잡고 싶은 심정이다. 언젠가는 내가 가져가야 할 온갖 것들이 서서히 물러설 때가 올 것이다. 꽃들이 고개를 접고 다시 깊은 잠 속으로 빠져들고 곡식은 서서히 뿌리를 굳건히 퍼뜨려 알알이 영글도록 영양을 빨아들인다.

이런 상념이 나를 뒤흔들고 갈 때, 나는 나의 일생을 다시 한 번 돌아보게 된다. 미련도 후회도 모두가 롤러코스터에 앉은 양 급하게 굴러가는 것을 느낀다.

큰 나무에 붙은 작은 이파리 하나가 흔들리면 커다란 바람을 일으키고 잠깐 오수에 빠진 듯한 이파리들은 가지를 흔들어 댄다. 그러면 모든 잎이 힘을 모아 장단을 맞추듯 춤을 춘다. 이렇게 하나의 나뭇잎은 더욱더 빠른 템포로 바람을 일으키며 춤추어 나간다.

맑은 호수에 잔물결이 아주 곱게 음악에 맞추듯 흔들릴 때 과거의 추억이 물결쳐 온다.

맛집 기행

산과 들이 있는 곳 어디에나 음식점이 즐비하다. 하지만 어디를 가야 맛있는 집인지 망설여질 때는 인터넷에서 찾아본다. 거기에 맛집 소개가 나오고 그 집의 특색 있는 음식이 무엇인지 요리사가 어떤 사람인지 모두 소개된다. 그 집을 찾아가면 맛깔스러운 반찬과 깨끗한 식당 주변이 우리를 반겨준다.

우리 식구들은 무조건 길을 나서 맛집을 찾아간다. 그래도 실망하지 않고 저렴한 가격에 맛을 한껏 음미하고 하루의 여행을 끝낸다. 서산의 간장게장 집, 담양의 떡갈비 집……. 울진의 '이게 게맛'이란 집은 감히 어디에도 비할 수 없는 맛집으로 동해 대게의 맛을 한껏 음미할 수 있었다. 이 식당은 대게를 여러 가지로 나누어 요리하는데 저렴한 가격에 각각의 맛을 낸 것이 특이하다. 다리는 회와 샐러드로, 몸통은 쪄서 밥을 비벼 먹는데 찌개가 특이했다. 흔한 게찌개와 같이 된장과 고추장을 넣어 매콤하게 하고 직접 불판에 끓여 먹게 하는데 별미였다. 대게 철이 되면 생각나서 해마다 가는 집이 되었다.

주말이면 온통 교통체증으로 짜증이 나지만 힘들게 찾아가서 먹고 동해의 푸른 바다를 한눈에 넣으면 맛도 있고 멋도 있어 어디에 비할 수 없이 행복해져서 집에 오는 길도 가볍다.

상사화와 전어회

언젠가 너무나 마음이 아파서 전주에 있는 친구에게 며칠 가 있었다. 가을이 깊어지기 시작할 즈음이었다. 친구는 자유인으로 운전까지 잘하는 터라 매일매일 갈 곳을 정해 다녔다.

전주에서 조금 떨어진 금산사에 갔을 때 입구에 붉은 꽃들이 만발한 것을 보고 깜짝 놀랐다. 꽃잎만 있고 잎들이 하나도 없는 것이 처음 보는 꽃이었다. 그 꽃이 '상사화'란다. 사랑하다 맺지 못하고 떠난 여인들이 죽어서도 그리워하는 꽃이란다. 잎과 꽃이 만나지 못하는 슬픈 꽃이었다.

부안 바닷가에 갔을 때 비릿한 냄새가 식욕을 자극했는데, 바로 '전어'라는 생선이었다. 손바닥만 한 크기에 비늘도 많고 가시도 많아서 예전에는 사 먹지 않았던 생선인데, 새삼스레 내 입맛을 자극하였다. 우선 전어회를 떠왔는데, 아삭하게 뼈를 씹어 먹는 게 재미있고, 맛도 괜찮아서 좋았다. 양파와 고추, 마늘과 함께 초고추장으로 무친 전어회는 입맛을 깔끔하게 돋워준다. 친구는 된장과 고추장에 청양고추, 마늘을 굵게 썰어 깻잎으로 싸서 먹었는데 색다른 맛이었다. 그때가 2006년도였으니 거의 10년이 다 되는데, 그때 그 친구는 어디에 있을까? 전어 철이면 상사화의 안타까운 사랑 얘기도 생각이 난다.

추석 풍경

　얼마 남지 않은 추석을 앞에 두고 온갖 생각이 떠오른다. 내가 어렸을 때 추석 하루 전에 할머니 생신이 있고 전전날은 엄마의 생일이었다.

　엄마의 생일은 한 번도 집에서 차린 적은 없고 외식을 많이 했던 것 같다. 안동반점, 아서원 아니면 반도호텔 같은 큰 식당에서 엄마만을 위한 파티를 했다. 식구가 많아서 엄마와 아버지 그리고 남동생들은 자가용을 타고, 우리 딸들은 택시를 타고 갔다. 그러고 나면 다음 날부터 우리 집은 바빠진다. 아주머니와 부엌 언니는 엄마와 함께 시장 보아온 물건들을 차 트렁크에서 잔뜩 꺼내 와서 부산하게 떠들면서 다듬이를 한다. 나와 동생들은 괜히 신이 나서 물건들을 뛰어넘으면서 봉지들을 열어보고 맛도 보고 돌아다녔다.

　할머니는 추석과 설 명절은 언제나 우리 집에서 보내시면서 이런 넉넉함을 즐기셨다. 음식 준비를 하고 난 다음 날은 일찍 고운 옷으로 갈아입으시고 동네를 한 바퀴 돌아다니며 친구들을 불러 모으신다. 하루는 동네 어른들, 다음날은 교회 어르신들과 목사님을 비롯한 20여 명이 우리 집 넓은 마루를 가득 채워 앉으셔서 기도하고 찬송가를 불러 할머니의 생신을 축하해드린다. 우리의 추석 명절은 이렇게 할머니의 생신 파티로 끝이 났다.

송편을 얼마나 많이 하는지 뒤꼍 채반에 온통 송편이며 부침들이었다. 얼마 지나 송편이 딱딱하게 굳어지면 기름에 튀기거나 쪄서 먹으면 처음에 바로 먹던 것보다 훨씬 맛있었다. 아침에 학교 갈 때 부엌으로 들어가 뒤꼍 채반에 있는 송편을 한 움큼 집어 들고 걸어가면서 먹거나, 학교에 일찍 가서 그 시간에 교실에 들어오는 친구들에게 하나씩 던져주면 다들 맛있게 먹었다.

이런 추억들이 할머니와 함께 모두 사라지고 다 흘러간 옛 추억이 되어버리고 말았다.

3. 다시 태어난다면

한때는 예뻤던 내 발

고등학교 때 서울대 농대로 벼를 심으러 갔던 적이 있다. '벼'라는 '나무'를 처음 보았고 그것을 손으로 직접 심는 것도 처음 알았다. 그때는 나일론 양말도 없었고 준비해 간 양말도 없었기에 맨발로 체육복을 입고 논바닥에 들어갔는데, 발가락 사이로 미끈거리며 갈라지는 흙의 감촉이 신기하기만 했다. 그런데 거머리란 것이 발등에 달라붙어 피가 나자 나는 기겁을 하고 논 밖으로 뛰어나와 팔딱팔딱 뛰었다.

친구들과 선생님이 나를 붙잡고 발등에 붙은 거머리를 떼어 놓더니 깔깔대고들 웃었다. 선생님도 빙긋이 웃으시면서 "겁쟁이구나, 그런데 발이 아주 이쁘게 생겼네?" 하시더니 내 발을 한참 만져 보셨다. 친구들도 다시 내 발을 보면서 "와아- 발이 너무 이쁘구나. 선생님, 발이 누가 이쁜가 뽑아 봐요." 하면서 맞장구를 쳤다. 그래서 몇몇 친구들이 모두 논둑길에 늘어서서 바지를 걷고 예쁜 발 뽑기 대회를 열었다. 그때 내가 가장 예쁜 발로 1등을 했던 기억이 난다.

여자는 발이 예뻐야 한다는 할머니 말씀에 운동화도 내 발에 좀 넉넉한 것을 신고 많이 걸어 다니지 않았던 때문이다. 학교에서 예쁜 발을 가졌다는 소문이 나자 발을 벗고 다니지 않았는데도 선배, 후배 등이 내 주위를 맴돌아 인기가 많았었다. 그후 나의 발은 살이 많고 넓적해져서 맞는 신발이 없어 꼭 맞춤 신발을 신었고, 운동화를 많이 신었다.

색깔별로 운동화를 청바지와 블라우스 색에 맞추어 신고 다녀서 우리 친구들 사이에 운동화 붐을 일으키기도 했다.

그러던 발이 이제는 핏줄이 서고 살이 빠져 볼품없는 한낱 할머니 발이 되고 말았다. 발을 볼 때마다 씁쓸한 느낌으로 세월의 무상함을 실감하게 된다.

말(言), 말(馬)

나는 말이 없었다. 초등학교 2학년까지 부산에서 학교에 다니다 서울로 올라왔더니, 아이들이 '부산 문둥이'라고 놀려댔다. 무슨 말을 해도 알아듣지 못하고 놀려대서 학교 가기가 싫었다.

겨우 서울말을 배우기 시작했는데 6·25가 나서 다시 부산으로 피난을 갔다. 한참 서울말을 잊고 살다가 6학년 때 다시 서울로 왔다. 그때는 피난 갔던 아이들이 좀 있어서 그런지 부산 사투리를 쓴다고 그렇게 놀려대지는 않았지만, 친구들과 별 의사소통 없이 학교에 다녔었다.

그러다 중학교 1차에 떨어지고 2차에 가보니 나와는 너무나 차이 나는 아이들이 많았다. 그렇지만 어린 나로서는 그들이 그렇게 어렵게 사는 줄 몰랐던 때라 옆에만 가면 냄새 나는 것이 싫기만 했다.

그래서 점점 말을 잃어가고 나 혼자만의 시간을 즐기며 오로지 책 읽기에만 몰두했더랬다. 친구들 사이에서 돌려가며 읽는 책도 있었지만, 학교 근처 헌책방에서 책을 빌릴 수 있어서 학교에 가며 오며 한 권씩 빌려와서 밤새껏 읽었다.

그렇게 대화를 하지 않으니 점점 대화법을 잃어버리고 말았다. 겨우 집에서 부모님과 동생, 그리고 언니, 또 일하는 언니들과의 대화도 간단한 것들만 하고 입을 다물었다. 내가 입을 다물면 아버지께선 무언가 사고 싶은 것이 있는 줄 아시고 다 들어주셨다.

중학교 2학년이 되고 TV를 보면서 아버지와의 대화가 트이고 그러면서 조금씩 대화법을 익혀갔다. 그러나 언어소통이 잘 안 되니까 점점 고집과 심통이 늘어 집에서는 나를 건드리는 사람이 별로 없었다.

그때 들은 말이 '말(馬)'띠라 고집이 세다는 소리였다. 집에 있는 날이 별로 없이 매일 산으로 다니고, 아니면 학교에서 운동하며 지내는 일이 많았다. 그 당시 '말띠 여대생'이라는 영화도 있었지만, 우리가 대학생일 때 제일 말썽이 많았던 것도 말띠들이라서 그렇다고 말이 많았다.

그래도 고등학생 때 나를 목매도록 좋아하는 사람이 있어서, 집으로 청혼이 들어오기도 했다. 나 아니면 죽겠다고 하니 둘이 사귀게 해서 졸업하면 결혼시키자고 했단다.

아찔했다. 그때 내가 너무 일찍 결혼했더라면 나는 말(言)을 잊고 살았겠지. 말(馬)처럼 경중대면서 이것도 좋고, 저것도 좋다고 뛰어다니며 사는 게 나는 좋았다.

독립 선언

밀리고 밀리는 인파들. 나까지도 그 인파에 섞여 있다는 것이 믿기지 않는 날의 기억들이다.

갑자기 며늘아기가 "어머니, 백운호수 아파트 내일부터 청약받는대요." 하는 소리에 놀라 금요일 아침부터 서둘러 모델하우스에 와보니 이건 완전 전쟁터였다. 끝없이 늘어선 줄, 줄들. 일대는 혼란 그 자체였다.

농업진흥청 버스정류장에서 내손동 주유소까지 줄이 끝없이 이어졌다. K를 만나러 가는데 누가 반갑게 어깨를 쳤다. 보니 박신자 씨가 줄에 서 있었다. 7시에 왔단다. "나 좀 끼워줘요." 하면서 내 사이에 끼어들었다. 4시간이 지나 12시가 되니 C한테서 전화가 왔다. 끝없는 대열에 끼어 있다고 하니 와서 점심을 사주겠다 했다. 같이 가자니 모두 싫다 해서 둘이 메이탄에서 점심을 먹었다. 김밥을 사서 돌아오니 대열은 그대로였다.

날은 더워 햇볕이 따가울 정도였다. 그렇게 많은 사람이 아파트 청약을 하는데 나는 70 평생 한 번도 해보지 않아 나도 해봐야겠다는 생각에 합류한 것이다. 주위 분들은 서서 김밥을 우적우적 입에 넣어 허기를 채우고 시간 따라 끝없는 고해의 순례를 계속하고 있었다. '이게 뭐야?' 하면서도 줄에서 빠지지 못한 건 미련 때문이랄까? 줄이 4km, 5km라는 얘기가 들려와도 우리는 자리를 차지하고 있었다.

생각하니 우습고 가관이련만 모두 입을 모아 한마디씩 한다. 분양가가 비싸다는 둥. 기왕 선 줄 놓치기 싫어서 꽈악 부여잡고 있는 꼴이 너무나도 한심하긴 하지만 그래도 모두 꿈이 있기에……. K는 가족의 둥지를, 아기 엄마는 롯데마트 곁에서 미용실을 한다는데 집이 시흥이라 너무 멀어서, 대우 APT에 사는 애엄마는 전세라 내 집에 대한 그리움으로, 신자 씨는 부모님께 드리고 싶어서……. 모두 착한 이유가 있어 이런 고생을 하는 것이었다.

나는 당분간 독립하고 싶어서 이 순례길(?)에 동참하고 있는 것이다. 이제는 아이들에게 자유를 주고 싶다. 나 또한 혼자 자유롭게 살고 싶어졌다. 그동안 7년여 나를 끔찍이도 위해준 며늘아기가 한없이 고마웠다. 그리고 가끔 섭섭하게 말하던 막내에게 더 이상 스트레스를 주지 않기 위해서 따로 나가 살기를 원했다. 이제까지 잘 살아왔고 내게 잘 대해주었던 것 고맙다. 하지만 더는 나 자신을 견제하기 어려운 상황이 오는 것 같아서 피차 좋은 방법을 찾자는 것이다.

　6시가 넘어가자 해는 지고, 불도 없이 캄캄해져서 더욱더 초조해졌다. 이렇게 고생하면서 분양받을 수 있으면 얼마나 좋을까? 밤 8시에 모델하우스 안으로 들어가 분양신청서를 받고 모든 것을 기재하였다. 접수증을 받고 허탈한 마음으로 발길을 돌려 집으로 돌아왔다. 25일을 기약하면서……

스트레스 해소법

　속도계를 힐끗 보았더니 140km를 지나고 있다. 우리는 지금 호남고속도로를 달리고 있다.

　아들이나 엄마나 똑같이 드라이브를 좋아해서 한 달이면 한두 번씩 이렇게 어느 길이든지 막히지 않는 길을 찾아 달린다. 날씨가 좋은 날이면 콧노래가 절로 나온다. 요즈음같이 꽃피는 계절이면 온통 꽃과 푸르름이 움트는 가로수길을 달린다. 먼 산은 점을 찍은 듯 색(色)들의 향연이다.

　서로를 과시하듯 독특한 색들로 뒤덮인다. 내비게이션이 속도위반을 단속하는 카메라가 있는 곳은 미리 주의를 환기하니 속도위반 염려는 없다. 아들이 사업 관계로 복잡한 머리를 시킬 겸 자주 속도를 내지만 우리는 대부분 그날 집으로 돌아온다.

　밤길 운전이 위험하긴 하지만 아랑곳하지 않고 달려서 그날

밤에 도착한다. 꼭 마음에 드는 곳이면 예약을 하고 자고 오지
만 하루에 돌아오는 때가 많다. 그렇게 달려오면 아늑한 우리
의 보금자리가 있어 좋다. 그러고 나서 우리는 서로를 쳐다보
며 웃는다. 아들도 며느리도 나도……. 마음이 후련해서 웃는
지 아니면 안도의 웃음인지.

또 언제 갑자기 "엄마! 내일 아침 7시에 떠나요!" 할지 모
른다.

미리 준비해 놓고 마음의 준비를 해야지.

버킷리스트

밝은 햇살이 무성한 라일락 꽃잎 사이로 비치고 푸르른 잔디밭에는 한가로이 고양이 두 마리가 뒹굴고 있다. 하이얀 뭉게구름을 이고 노오란 나비들이 꽃 사이를 노니는 조용한 봄날이다.

등나무가 무성한 포치 아래 테이블에는 두어 개 의자와 함께 하이얀 레이스 테이블보를 이고 초여름의 한가로움 속에 차이콥스키의 콘체르토가 흐른다.

자그마한 주방에는 향긋한 커피가 끓고 있다. 누구라도 먹을 수 있는 토스트 빵이 놓여 있다.

강원도 홍천 어느 골짜기로 들어가면 언덕배기에 자리한 펜션이 서너 채 나란히 있다. 층마다 방이 두 개, 주방이 있고 널찍한 소파가 있는 거실과 언제라도 시원하게 발을 담글 수 있는 풀이 있다. 반려견과 함께할 수 있는 풀 빌라다.

회원제로 운영되어 전화 예약을 하면 언제든지 와서 쉴 수 있는, 알려지지 않은 조용한 곳이다. 주민과 마주칠 일이 없는데다 바비큐장은 항상 사용할 수 있고 저렴해서 손님들이 끊이지 않는 펜션 겸 쉼터이다.

펜션 옆에는 하얀 벽에 붉은 기와를 이고 있는 자그마한 메인 하우스가 있다. 마당에는 그네가 놓여 있고 잘 손질된 향나무가 몇 그루 집을 에워싸고 있다. 하얀 담장의 쪽문은 항상 열려 있고 집 옆 차고에는 언제라도 떠날 수 있는 하이얀 SUV가 주인을 기다리고 있다. 텃밭에는 농작물들이 주인의 손길을 받아 서로 뽐내면서 자라고 있어 먹음직스럽다.

나이 들어 이런 나의 바람이 현실화되어 노후를 빛낼 수 있다면 그 얼마나 좋으랴.

나의 둘째손가락

나의 오른손 둘째손가락이 언제부터인가 빨갛게 부어오르면서 아프기 시작했다. 그저 그러다 말겠지 하며 대수롭지 않게 여겼다. 허나 점점 아파가고 약간 구부러지고 있다고 느꼈다. 그런데도 병원에 갈 생각도 하지 않고, 아프면 아픈 대로 이렇게 한 해 두 해 보내고 있다.

대개 이 나이가 되면 손가락이 류머티즘으로 아프다는 얘기를 들었다. 다른 일은 병원에 자주 다녔는데 이번에는 도대체 병원에 가기가 싫어서 아직까지도 가지 않고 있다. 왜 그럴까. 답이 없다. 그저 가기 싫은 것뿐이다.

오래전 할머니의 손이 조금 이상하게 생겼다고 할머니께 몇 번 물어본 적이 있다. 할머니는 어렸을 때 봉숭아 물을 들이려고 돌멩이 위에 봉숭아를 놓고 돌멩이로 찧다가 잘못하여 손가락을 내리쳐서 거의 짓이겨졌다고 말했다. 병원도 멀어서 그저 붕대 같은 것으로 싸매고 있다가 얼마 뒤에 풀어보니 완전히 한 쪽이 떨어져 나간 반쪽 손가락이었다고 했다. 얼마나 아팠을까.

할머니의 사랑을 받아온 나는 밤이면 그 손을 꼭 쥐고 잠들고는 했다. 그래도 할머니는 그 손으로 못하시는 것 없이 잘 하셨다. 바느질, 음식 그리고 나의 귀도 잘 파 주셨다.

점점 아프고 구부러지는 나의 검지를 보면서 할머니의 손가락이 생각나는 것은 할머니의 둘째손가락을 닮고 싶은 것일까?

운명아, 내가 나간다

운명이라는 글자에 관심을 갖게 된 것은 두어 번이다. 대학교 4학년 때에 휴강을 이용해 친구들 네 명과 통인동의 유명한 K 점집에 갔다. 호기심 많던 때라 귀를 쫑긋 세우고 열심히 들었다. 팔자가 좋다는 친구도 있었고 나쁘다는 친구도 있었다. 나에게는 결혼할 때 절대로 아무하고나 하지 말고 꼭 자기에게 와서 보여주고 하라고 했다. 단지 호기심 때문에 갔던 것이다. 그 이후에 잊어버리고 말았다.

결혼하고 10여 년 후 언니를 따라 당사주라는 것을 보았는데 울긋불긋 천연색으로 그려진 그림들을 보면서 과거나 미래를 맞추는 것이었다. 그때도 나는 별로 심각하게 생각지 않고 있었다. 그런데 점쟁이가 현재의 남편을 만난 것이 잘못이라고 했다. 그렇지만 나는 나대로 가정을 꾸려 왔고, 수많은 고통과 절망 속에서도 어쩔 수 없는 틀에 끼어 아이들의 손을 놓지 못하고 살아왔다. 그러나 도저히 감당하기 힘들어 딸과 아들을 결혼시키고 나서야 나는 길을 바꾸어 걸었다. 그것이 내가 '운명'이라는 길을 걷는다는 말이었을까? 그래서 배우자를 잘못 만난 것일까? 나는 운명(사주)을 시인하는 '운명론자'가 된 것이다.

그래서인지 몇 년 전, 어떤 이가 나를 보고 75세에 운명하겠다고 한 그 말이 뇌리에서 떠나지 않는다. 지금 이렇게 행복하고 즐거운 나날인데 내가 죽어야 한다니. 100세 시대에 너무나도 억울한 죽음이 되는 것이다. 그렇게 원하던 불꽃 같던 사랑도 못 해 보고 죽다니.

그래, 운명에 쓰러질 내가 아니야! 나는 운명과 싸워서 이기는 여인이 될 것이다.

콤플렉스에 대하여

나에겐 몹쓸 버릇이 있다. 모든 관계에서 계산을 잘못한다는 것이다. 돈 계산도, 친구와의 우정 관계도, 또 남자와의 애정 관계도. 손에 돈이 떨어지면 불안해서 어쩔 줄 몰라 하고, 옆에 가까운 친구가 없어도 불안해한다. 누군가를 항상 그리워하고 만나고 싶어 하는 몹쓸 병이 있는 것이다. 언제나 돈은 쓸 수 있게 지갑에 있어야 하는데, 어느 누가 그런 나를 보고 '애정결핍'이라고 했다. 왜 애정결핍일까?

어렸을 때는 엄마보다 아버지에게서 무한한 사랑을 받았고, 할머니가 여섯 손주 중에서 가장 나를 귀여워해 주서서 애정을 듬뿍 받았는데……. 그리고 항상 많은 남자에게 둘러싸여 지내왔고, 관심을 많이 받아왔는데 애정결핍이라니.

나는 감수성이 무척 예민한 여자였다. 아무래도 엄마의 사랑을 받지 못했던 것 같다. 모든 사람에게 사랑을 받아야 하는데 엄마의 사랑을 받지 못했던 것이다. 우리 엄마는 오로지 아들에게만 신경 쓰고, 아들이 최고인 사고방식을 갖고 살아오신 분이다. 아버지에게도 관심이 없어서 가끔은 아버지도 역정을 내시고는 하셨다. 그래도 우리는 그러려니 하고 살아왔는데 아버지 돌아가신 후에야 절실히 깨달았다.

엄마는 아버지의 유언장을 모두 접어두고 "네 동생들하고 살아야지!" 하시면서 시침을 뚝 떼셨다. 위로 딸 셋, 아래로 아들 셋이었는데 우리 딸들은 모두 결혼을 했고 남동생들은 군인과 대학생들이었다. 우리는 엄마가 측은해서 고개를 끄덕여 유언장 같은 것은 잊어버렸고 관심도 두지 않았다. 그러나 형부가 집안일을 처리하다가 나와 동생을 보고 "왜 그대로 있어? 유언장대로 달라고 하지." 해서 겨우 그 내막을 알았다. 하지만 동생과 나는 이미 결혼했고 생활이 별로 곤란하지 않아 잊어버렸다. 이 모든 것이 잠재의식으로 엄마의 애정이 필요했던 것인가?

하지만 이제 인생을 거의 걸어온 시점에 무엇이 문제가 되랴. 아직은 넉넉한 용돈이 있고 자식들이 살만하니 걱정일랑 접어두고 하루하루 뜻있고 재미있게 생활하여 자식들에게 누가 되지 않았으면 좋겠다. 곧 다가오는 '창장강(長江, 양쯔강) 크루즈' 여행을 꿈꾸며 모든 콤플렉스를 날려버리고 싶다.

잔소리

나는 잔소리를 싫어한다.

어렸을 때부터 아버지의 잔소리, 엄마의 잔소리 모두를 싫어했다. 끝없이 이어져 나오는 말들, 소리를.

나에게 필요한 소리인 줄은 알지만 왜 그리 듣기가 싫었는지 모른다. 학교에서도 선생님의 잔소리가 싫어서 급하게 화장실 가는 척하고 밖으로 나가기도 했다. 그 잔소리를 왜 하는지 왜 그치지 않는지 이상할 뿐이었다. 모든 말들이 나에게 이로운 말일 것으로 의심치 않지만, 끝까지 들을 수가 없을 뿐이다.

그렇게 자라온 내가 '잔소리 대마왕' 같은 사람과 결혼을 한 것 같다. 남편은 원래 말하길 좋아하고 즐기는 사람이기에 못 견딜 정도로 잔소리가 심했다. 반찬 한 가지도 맛있다는 말은 없고, 이건 이렇게 하고 저건 저렇게 하는 것 아니냐고 하고. 마치 자기가 요리사인 것처럼 잔소리를 해댔다.

아이들이 커서도 밤 12시에도 아랑곳하지 않고 식구들을 모두 모아놓고 새벽 2시, 3시까지 잔소리를 해댔다. 결국 참다못한 내가 내 분을 못 이겨 제풀에 쓰러지면 끝나는 것이었다. 그래서 나는 잔소리 듣기를 더 싫어했다. 나는 잔소리를 하지 않을 것이다. 절대로.

참는다는 것

　내가 잘할 수 있었던 것은 참는 일이었다. 어려서부터 무엇이든 잘 참았다. 언니도 예쁘고 동생도 예쁜데 나만 예쁘지도 않고 그렇다고 밉게 생기지는 않았는데 나에게는 누구도 예쁘다는 말을 하지 않았다. 나는 예쁘다는 그 말을 듣고 싶었는데 끝까지 말을 듣지 못하면 방을 뛰쳐나와서 꽃밭을 헤집어 놓았다. 그래도 나에게 관심을 보이지 않으면 그림을 그려서 흔들어 댔다. 이것저것 크레용으로 울긋불긋 무언가를 그리고 색칠하며 사람들의 관심을 끌려고 했다.

　조금 커서는 이가 아파도 참고, 편도선이 부어서 목소리가 나지 않아도 참고 참아서 열이 40도까지 올라 병원으로 실려갈 때까지 참았다. 그래서 병원비가 배나 들었고 엄마 아버지를 힘들게 했다. 나는 이를 빼지 않아도 되는 것을 빼야 했고 편도선도 주사를 수없이 맞아 며칠씩 병원을 들락거렸다. 왜 그렇게도 참고 참았는지 알 수가 없다.

그렇게도 좋아했던 사람과 헤어졌을 때도 울며 참았다. 얼마 후에 그가 잘못했으니 만나자고 매달렸지만 나는 참고 참으면서 끝까지 만나주지 않았다. 왜 그랬을까? 웬 고집이었을까?

손에 무엇을 들면 끝까지 놓지 않았다. 아이들이 어렸을 때는 손수 옷을 만들어 입혔다. 밤이 새도록 달달거리며 만들어야 손을 놓았고 아침에 입혀 보아야 쓰러져 잠이 들었다. 그것은 바보 같은 짓이지!

이제는 세월이 흘러 참을 일도 없고 밤새울 일도 없다. 하지만 글쓰기 숙제는 밤새워서라도 해 가야지.

다시 태어난다면

  마주 보이는 책장 위, 정장을 하고 미소를 머금으며 바라보고 있는 사진이 영정사진이라니? 가장 행복했던 순간, 아니면 가장 좋았던 순간이 언제였을까? 작은 눈매에 열정이 숨어 있어 그래도 모두에게서 열심히 하라고 박수를 받았지. 하지만 '여자가 뭘'이라는 구속에 얽매여서 꿈이 연기처럼 스러졌다.

  한 세대를 살려면 20억분의 1이라는 엄청난 경쟁에서 이겼을 테지만 나는 이런 망상을 해본다. 손오공처럼 여의봉 하나 들고 수백 수천 개의 나를 만들어 구름을 타고 어느 곳이든 날아다닌다, 중국 대륙을 내 마당 돌듯이 구석구석. 전우치처럼 금수강산 계곡을 바람에 구르는 낙엽처럼 흩어져 다니고 점퍼만 입으면 순간 이동이 쉽게 이루어지는 세계……. 어느 곳이든 갈 수 있는 능력으로 사회를 어지럽히지 않는 한도 내에서 인간의 욕망을 시험하고 싶다.

이승과 저승을 넘나드는 전우치처럼, 천만 가지 요술을 부리는 손오공처럼, 점퍼만 입으면 순간 이동하는 젊은이처럼……. 어린아이들처럼 나의 상상력은 왜 이렇듯 유치하고 조잡스러울까?

10여 년을 세계 곳곳 많이 가봤는데 마음에 드는 곳이 없다. 왜 이렇게 내 조국, 내 고향, 내 집에 마음을 붙이지 못하는지……. 역마살이 나의 발을 붙잡는가? 불발로 끝난 젊은 날의 사랑이 나를 이렇듯 허망하게 붙잡는가?

어느 가을 삼라만상이 곱게 물든 날, 점퍼를 입고 여의봉을 들고 흰 구름을 타고 한없이 날고 싶다.

4. 새드 무비(SAD MOVIE)

냄새들

십 대 때는 바다 내음 풍기는 해운대 바닷가에서 모래성을 쌓고 놀면서 무심코 마셔버린 갯내음에 몸과 마음이 여물어갔다.

이십 대 때는 커피와 재즈의 하모니를 마음속 깊이 들이마시면서 니코틴에 중독되었던 때도 있었지.

어느덧 삼십 대 초반에는 아가들의 비릿한 우유 냄새에 반해 셋이라는 숫자를 헤아리면서 나의 몸은 바스러졌고, 사십 대 때는 삶의 내음을 허파 깊숙이 들이마시면서 허공을 향하여 몇 년 전에 먹었던 것을 토악질하면서 사는 것이 '이것이다'라고, 사는 건 쓰디쓴 한약 냄새 같은 것이라고 삭이면서 살기도 했지.

오십 대 때는 무조건 나의 분신들을 채찍질하면서 수재인지 저능아인지 가리지 않고 가르침의 철로를 달리게 했던 때였어.

육십 대 때는 딸아이에게서 내가 느꼈던 비릿한 냄새가 났지. 또 하나의 분신이 태어나 나의 발목을 잡고 까칠한 나의 두 뺨을 따사롭게 덥혀주면서 알 수 없는 향기를 뿜어냈어.

지금 칠십 대. 이제 와 생각하니 인생 70이 모두 냄새와 맛으로 살아온 것 같아.

향긋한 냄새,

비릿한 냄새,

쓰디쓴 한약 냄새,

부드러운 살 냄새.

이런저런 냄새를 맡으면서 70 평생을 살아왔어. 이제는 저 히말라야 정상을 고통 끝에 올랐을 때 들꽃 향기와 같은 아스라한 향기를 뿜으면서 안개 속으로 뿜어 나오던 온갖 인간세계의 냄새를 기억해. 또 다른 세계의 냄새를 맡으려 여행을 떠나야 하는 나이이기에 나의 후각은 영원하리라 믿어.

기억 속의 노래 〈새드 무비(Sad Movie)〉

1960년대에 밀물처럼 쏟아져 나온 미국의 팝송들이 갓 대학에 입학한 꿈 많은 1학년 학생들의 마음을 사로잡았다. 음악감상실이나 다방들이 수없이 우리를 유혹하여 휴강이거나 수업이 끝났을 때면 언제나 우리는 그곳에 있었다.

매일 아침 8시면 동도극장 앞에서 버스를 타는데, 며칠째 같은 시간에 만나는 검은 교복을 입은 연대 상대생이 있었다. 유난히 얼굴이 하얗고 머리가 염색한 것처럼 노란색을 띠고 있었다. 자연스럽게 우리는 같은 버스를 타고 인사를 나누며 친구가 되었다. 그리고는 누가 먼저랄 것도 없이 종로5가에서 돈암동 오는 버스정류장에서 만나 대학로를 거쳐 혜화동 성당을 돌아 집까지 걸어왔다.

때로는 대학가 마로니에 나무 밑에 앉아 수많은 잡담으로 시간을 보내다 집 앞에서 헤어질 때도 있었다. 집에 와서 저녁을 먹고 동도극장 옆 '동도다방'으로 뛰어가면 언제나 그 친구가 있었다. 변두리 다방이라 해도 유행하던 팝송이 많이 나와서 우리는 그 노래에 심취하여 시간 가는 줄 모르고 앉아 있었다.

그렇게 여름이 지나 가을이 오면서 더더욱 자주 만나 동숭동 길을 걸어 다녔다. 마로니에 잎이 발아래 구르면 고운 잎들을 주워 서로에게 뿌리면서 우리는 함께했더랬다. 겨울이면 미아리 논 스케이트장에서 스케이팅으로 하루를 보내고 손이 꽁꽁 얼면 돈암동 종점 커피숍에서 음악과 함께 몸을 녹였다.

5·16 이후 학교에서는 계속 데모가 일어났고 학생들은 매일 형무소로 끌려가곤 했다. 어느 날 그 친구도 서대문 형무소에 있다는 말을 듣고 잠시 망설였다. 친구와는 아무런 연인 감정 없이 그저 친구일 뿐인데, 더 깊은 관계를 지속하기는 싫었다. 그래서 면회도 가지 않았다. 얼마가 지나 여름이 가고 가을이 왔다.

이제는 정신 차려 학업에 열중하려던 때에 학교 정문 앞에 서 있는 친구를 보았다. 심각한 얼굴로 따라오라는 손짓을 했다. 나는 아무 말 없이 버스를 타고 종로5가에서 내려 작은 센 강이라 부르던 개천을 따라 서울대학교 법대 안으로 따라 들어 갔다.

해가 어스름히 지고 싸늘한 바람이 일어 마로니에 잎이 스산하게 뒹굴고 있었다. 나는 아무 말 없이 그의 눈을 보았다. 가을바람에 비치는 가로등 불빛에 유난히도 눈이 노란색을 띠고 있었다. 그는 "내가 노래 하나 불러줄게." 하면서 손으로 박자를 맞추면서 〈오! 캐롤(Oh! Carol)〉과 〈새드 무비(Sad movie)〉를 불렀다. "어머! 노래 잘 하네." 나는 손뼉을 치면서 잘 불렀다는 칭찬을 아끼지 않았다.

그런데 그때 나는 무슨 생각을 했을까? 그가 〈새드 무비〉를 부를 때 나는 "지금도 마로니에는~"으로 시작되는 박건의 노래 〈그 사람 이름은 잊었지만〉을 생각하고 있었던 것 같다. 왜, 나는 나를 위해 노래를 부르는 사람 앞에서 다른 생각을 하고 있었을까?

우리 집 대문 앞에 이르자 그는 손을 내밀어 악수를 청했다. "잘 자!" 나는 무심히 내민 손을 잡아주고 "잘 가." 하고 돌아서서 대문으로 뛰어 들어왔다. 그리고 우리는 두 번 다시 얼굴을 마주 보지 않았다. 서로에 대한 오해를 품은 채 헤어진 것이다.

그 옛날의 작은 라디오

오래전 라디오에서 드라마 〈눈이 내리는데〉를 방송했던 기억이 난다. 주제나 내용은 정확히 생각이 나지 않지만, 무척이나 인기가 많았던 것 같다.

아침 드라마였는데 학교수업 때문에 듣지 못해 모두 아쉬워할 때였다. 손바닥보다 작은 트랜지스터 라디오가 있어 학교에 가져가서 아이들과 둘러앉았다. 그날이 드라마의 마지막 회가 방송되는 날이었다.

모두 숨죽이며 듣고 있는데 옆 친구가 나를 치며 자세를 바로 하고 앉았다. 수업 시작종이 이미 울렸는데도 우리 70여 명은 라디오 소리를 크게 하고 드라마를 숨죽이며 듣고 있었던 것이다.

나는 얼른 라디오를 끄고 공부 자세를 취했지만, 뒤로 돌아앉은 친구들은 선생님을 보지 못하고 나를 채근했다. "왜 그래

다음을 들어야지!" 이구동성으로 라디오를 더 듣기를 바랐다. 선생님께서는 "뭔데 그러니? 라디오를 누가 학교에 가져왔어?" 하셨다.

우리는 선생님께 혼날까 봐 아무 말도 못 하고 서로를 쳐다만 보고 있는데 "어디 보자." 하시며 내 손에서 라디오를 빼앗아 여기저기 만져 보셨다. 선생님도 처음 보시는 것 같았다. 어려운 시절이라 무척 귀했던 물건이었다.

선생님께서는 신기한 듯 이리저리 보시더니 "무얼 듣고 있었니? 어디 좀 들어보자." 하시면서 내게 라디오를 내미셨다. 다이얼을 맞추고 크게 틀어 놓았더니 다시 드라마가 계속되었다. 기억이 확실하지는 않지만 최무룡, 이창한, 김소운, 정인숙, 그런 유명 성우들이 나왔던 것 같다.

"이게 뭐니?" 하고 선생님이 물으셨다. "〈눈이 내리는데〉예요." 친구들은 목소리를 높여 대답했다. "어디 들어보자꾸나." 우리는 영어 시간 한 시간 동안 드라마의 마지막 회를 함께 들었다.

사랑하는 두 사람이 헤어지는 슬픈 드라마의 끝. 한참 감수성이 예민할 때인 고등학교 1학년 겨울. 그 옛날의 기억이 아직도 눈이 오는 겨울이면 생각난다.

음악 듣기만 고집하던 나는 이후부터 라디오 드라마도 자주 듣게 되었다. 선생님의 배려로 드라마 마지막 회를 듣게 되어 매우 흥분했던 것 같다. 드라마를 모두 듣고 밖으로 나오니 흰 눈이 펄펄 내려 온 교정을 하얗게 덮고 있었다. 드라마의 끝을 영원히 기억하라는 듯이.

사랑과 영혼

한밤이 되어도 잠이 오지 않아 뒤척이다가 어느 채널에서 〈사랑과 영혼〉을 방영하는 것을 보았다. 여러 번 보았으나 그 날따라 다르게 느껴져 정신을 차리고 다시 한번 보았다.

나는 이 영화의 주제가 〈Unchained Melody〉가 좋아서 더욱 좋아했다. 한창 음악 감상실이 대학가를 휩쓸 때, 이 노래는 분위기를 숙연하게 만드는 노래였다. 흑인 4인조 '라이처스 브라더스'의 흐느끼는 듯한 목소리가 가슴을 울렸다.

줄거리는 같은 직장에 다니는 친구가 공금을 착복하고 샘에게 누명을 씌운다. 그리고 샘의 애인 몰리를 빼앗기 위해 청부 살인을 저지른다. 자기 앞에서 죽어가는 샘을 보면서 비통해하는 몰리를 샘은 영혼으로 바라보아야 하는 슬픈 사랑의 이야기다.

두 사람의 뜨거운 사랑이 나의 가슴을 울렸고 그런 사랑을 해 보는 것이 그때 그 시절의 희망이었다. 사랑하는 이의 곁을 떠나지 못해 떠도는 샘의 애절함과 샘을 잃어버리고 비통해하는 몰리의 눈물은, 배경에 흐르는 노래와 함께 십 대의 마지막을 의미 있게 보내고 싶은 나의 바람이었다.

인과응보의 법칙은 동서양을 아우르는 진리인 양 처참한 죽음을 맞는 동료를 보면서 샘은 서서히 영혼을 따라 천상으로 간다.

샘의 영혼을 믿지 않던 몰리도 샘을 믿게 되고 그들의 슬픈 사랑의 이별을 감내한다. 얼마나 아름다운 사랑이냐? 현대에 어울리지 않는 구시대적 사랑이라 말해도 이런 것이 사랑이라고 나는 믿고 싶다.

영화는 끝났지만 이 생각 저 생각 하다 보니 어느덧 날이 밝아온다. 평생 사랑다운 사랑도 해 보지 못한 채, 그리움만 가득한 이 작은 가슴은 오늘도 문을 닫아야 할까 보다.

사계의 시(詩)

희뿌연 구름 사이로
겨울 낙조가 아름다워라

끝 달이 앙상한 겨울나무 사이로
모래알처럼 슬어 나가누나

하 많은 사연을 안고
열두 달이 낙조 따라 가고
주인 없는 새날들이 내 앞에 줄을 서네

연분홍 희망꽃이 하이얀 벽에 곱게 피어날 때
푸르른 잎이 피고
봉긋한 꽃망울이 너와 나를 기쁘게 하네

꽃향기가 코끝을 간지럽힐 때
둥근 달이 밤을 밝히고
태양은 뜨겁게 달구어 한여름을 알리네

흰 구름이 그림 그리며 놀 때
오곡백과가 무르익고
또 다른 해가 지나가려 하네

인간은 고마움을 잊고 서로의 비윗장을 건드리며
저 잘난 척 큰소리치네

아! 세월이여!
저 하늘의 별과 같이 오는 듯 가는 듯하더라.

어느 여름날의 초계탕

푸른 바닷길을 돌고 돌아
한적한 골목길에 식당이 있었지.
자그마한 간판이 눈에 띄게 앙증맞게 서 있었지.
초계탕!
지난여름 어느 날
서늘한 마음 달래려고 찾아간 집.
커다란 유리그릇에
울긋불긋 얼음 띄운 초계탕!
흘러내리는 땀 닦을 사이 없이
한입 가득히 퍼지는 맛
매콤, 새콤, 달콤함이 혀끝에 놀고
얼음 조각 떠 있는 국물이 몸 안에 퍼지네.
정신없이 먹다 보니

얼음물에 몸 담그듯
복더위가 물러가 있고
눈을 들어 그릇을 보았지.
하이얀 닭살이 상춧잎 뒤에
보랏빛 양배추 채썰이 위에는
연분홍 새우살이 춤추고
파아란 오이가 채 쳐 있고
온갖 색들의 파프리카들이 숨바꼭질하듯
아사삭 얼음 속을 헤집고 다니네.
매콤한 겨자 맛
새콤한 식초 맛
그리고 위에 뿌려진 고소한 맛.
초여름의 더위를 내게서 떠나가게 만들었지.
그 날이 언제였나?
그 후로는 이 같은 맛을
혀끝에 올려본 적이 없었네
이 무더운 여름 낮
그 초계탕이 먹고 싶네

여름이면 생각나는 팥 셔벗

먼 옛날 1960년대 명동 시공관 앞에 '케익 파라'라는 빵집이 있었다. 그 집의 베스트 아이템은 도넛과 함께 셔벗이라는 팥 빙수였는데, 그 빙수의 얼음은 스푼으로 혀끝에 올려놓는 순간 스르륵 녹아버리는 기가 막히게 맛좋은 얼음 팥죽이었다.

이 얼음 팥죽을 먹으려고 광화문에서 버스를 내려 무더운 뙤약볕을 따라 명동까지 걸어서 갔다. 친구들과 마주 앉아 한 그릇씩 시켜놓고 먹다 보면 어느새 그릇은 비어있고 다시 도넛을 시켜놓고 먼저 먹은 셔벗을 생각하면서 먹기 시작한다.

빵집은 그다지 넓지 않아서 오래 앉아 있을 수가 없는 장소라 너무나 미안하게 생각하면서도, 그래도 광화문에서부터 걸어왔는데 억울하다는 생각에 한 시간은 버티다 미련을 남기고 발길을 돌리곤 했다.

너무나 맛있어서 집에 와서 팥을 씻어 삶고 갈아서 얼려 보왔는데, 딱딱하기만 하고 그 맛이 나지 않았다. 다음번에 가서는 일하는 언니에게 부탁해 주방까지 가 보았다. 주방에는 얼음통이 있었는데, 지금의 김치 냉장고 같은 냉장고의 뚜껑을 열어보니 그 속에 그 맛있는 서벗이 가득 들어 있었다.

어떻게 만드느냐고 물었더니, 팥을 곱게 갈아 우유와 섞어 얼려서 믹서기에 갈아서 냉장고에 넣어두는 것뿐이란다. 그런데 어떻게 그렇게 맛이 있을까? 여름이면 혀끝에서 느껴지는 그 맛을 잊지 못한다.

어느 해인가, 그 집이 없어져서 못내 아쉬웠다. 요즈음은 기술이 좋아 별것 다 만드는데, 왜 그 서벗은 만들지 못하는 걸까? 누군가 다시 개발한다면 아마도 대박이 날 텐데…….

수상한 그녀

며칠 사이에 영화를 두세 편 보았다. 원래 영화를 좋아하는 터라 잘 보러 다녔지만, 그동안 국산 영화는 잘 보지 않았다. 그런데 〈수상한 그녀〉를 보고 난 후 가슴에 와 닿는 것이 있었다.

내가 생각하기에도 훌쩍 들어버린 나이, 언제 이렇듯 칠십이 되었는지 알 수 없다. 아이들이 어렸을 때는 정신없이 살았고, 또 나이 들었을 때는 손주 키우는 재미로 살았고…… 이제 뒤돌아보니 칠십이다.

슬슬 외롭고 쓸쓸해지기 시작하더니 뒤돌아볼수록 후회스럽고 한심스럽다. 그래서 정말이지 '청춘 사진관'이라도 있으면 쫓아가서 사진을 찍어 보고 싶다. 내가 하고 싶은 것은 더욱더 하고 싶다. 그러나 안타깝게도 지금은 노안이다. 그림도 그리기 어렵고, 글쓰기도 내겐 힘겹게 느껴진다. 여행하는 것도 자신이 없어지고, 모든 것에 대한 바람으로 어깨가 무거워지고 있다.

발상의 전환이랄까? 50년 전으로 돌아간다면? 생각만 해도 신나는 일이다. 지금의 나란 존재가 새싹이 피어나듯 싱그러운 20대가 되어 잘못 살아온 나의 생을 다시 살아보면 어떨까? 이리저리 생각해도 '나는 나'이기에 결국은 똑같은 길을 걸을 수도 있겠지?

영화는 영화만의 즐거움으로 끝내고, 나는 현실의 '나'로 만족해야만 되는 것이 아닐까? 잠깐 이런저런 생각이 나를 어지럽게 하고 있다. 조용히 일상의 나로 돌아와 주길 빌어 본다.

가장 행복한 부자

　방금 TV에서 영화 〈베니스의 상인〉을 보았다. 유대인의 돈에 대한 무서운 집념과 서로 악감정으로 치닫는 구교도와 신교도의 싸움 끝에 심장 가까운 곳에 있는 1파운드의 살점까지 원하게 된다는 내용이다.

　몇 년 전에 전해 들은 소문이 있는데 60억 땅 보상금에 관한 한 가족의 이야기였다. 그가 워낙 구두쇠여서 부부 사이도 좋지 않아 각방을 쓰고 있었고, 두 아들 내외는 아래층에 사는데 큰며느리가 아침 준비를 하고 아버님을 깨우러 가보니 이미 숨진 후였다고 했다. 옆 방에서 사는 부인도 모르게 사놓은 빌딩이 있어 임대료로 삼부자가 한집에서 살았고 모든 돈 관리는 그가 했다고 한다. 동편마을이 들어서고 땅 보상비로 60억 원을 받았는데 아무에게도 돈의 행방을 가르쳐주지 않고 세상을 뜨고 만 것이다. 갑자기 큰돈을 손에 쥐니 겁이 나서 누가 빼앗아 갈까 봐 돈과 함께 먼 길을 떠났나 보다.

일평생 고생하면서 모은 돈은 쓰지도 못하고 눈을 감고. 부모에게서 물려받은 돈은 흥청망청 쓰다 한 푼 남기지 않고 떠나고……. '돈이란 돌고 도는 것'이라고 누가 말했던가?

자식은 아버지 돈을 사업이네 투자네 하고 가져간 후 두말도 없고, 다시 또 가져가고. 그렇게 가져가기를 몇 번 하다 보면 돈은 바닥이 나고 아버지 가슴에 멍만 남기고 자식과는 원수가 된다. 요즈음 돈의 가치가 없어 얼마 전만 해도 10억 원 정도면 부자라고 하더니 아파트가 6~7억 원이 되니 적어도 100억 원은 가져야 부자라고 한단다. 100억 원도 모자라 빌딩의 임대료를 올리고 서민들의 눈에서 눈물을 빼고 원망을 사서 칼침을 맞고 세상을 떠난 사람도 서너 명 있나 보다.

그들은 죽는 순간 무슨 생각을 했을까? 물론 그 돈을 모으기까지 온갖 설움과 고통이 따랐겠지만, 어느 정도 모으면 마음 편하게 베풀고 살면 안 될까? 건강한 몸과 마음에 화목한 가정, 자식들의 존경과 사랑을 받고 주위 사람과 다정하게 지내면서 부부간 사이좋게 사는 것이 이 세상의 가장 '큰 부자'가 아닐까?

나의 음악 감상실

백화점 가득히 쇼팽의 〈사랑의 기쁨〉이라는 피아노 음악이 울려 퍼지고 있었다. 소리가 나는 곳을 따라가니 5층 피아노 앞에 붉은 드레스의 여자가 피아노를 치고 있었다. 한때 종일 들어도 싫증이 안 날 정도로 듣고 또 들었던 곡이다. 그리고 그 곡 다음으로 〈페르귄트 서곡〉〈솔베이지의 노래〉를 좋아했다. 나의 애칭을 '베이지'라고 할 정도였다.

음악의 선호도도 때에 따라 달라질 수 있다는 걸 알았다. '디쉬네'라는 음악 감상실이 있었는데 그때는 레이 찰스, 비틀스, 엘비스 프레슬리 등의 팝에 심취했고, 〈렛잇비(Let it be)〉에 눈물을 흘릴 때였다.

대학 2학년 때 선택과목으로 '음악 감상'을 들었는데 그때 완전히 클래식 음악에 빠져들어 '르네상스'라는 음악 감상실에 들락거렸다. 그리고는 MBC 라디오의 〈별이 빛나는 밤에〉에 희망곡을 몇 곡 신청하여 듣기도 했는데 내가 신청한 곡이 밤에 울려 퍼질 때면 묘한 감정이 복받쳐 왔다.

그때 신청했던 음악이 베토벤의 바이올린 소나타 F장조의 〈로망스〉였다. 끊임없이 변해가는 나의 음악 취향에 나도 놀랐지만, 들을수록 빠져들어 가는 것이었다. 그러나 노래는 부를 줄 몰랐다. 목소리가 잘 올라가지도 않았지만 그렇듯 듣기만 하고 지났고 가요에도 취미가 없어서 배울 기회도 없었다. 중년이 되어서 '노래 교실'이라는 곳에서 몇 곡을 배웠는데 그것도 별로 관심이 없어 부르기가 거북했다. 모임이 많아 어쩔 수 없이 노래를 불러야 할 때는 패티 김의 〈이별〉이나 혜은이의 〈사랑해 당신을〉 이 두 곡이 그래도 부르기가 쉬운 것 같아 가끔 부른다.

엄마가 평생 노래 부르는 걸 듣지 않아서인지 우리 아이들도 집에서 노래를 부를 줄 모른다. 어쩌다 친척끼리 모이면 두 아들은 노래보다는 춤을 추겠다고 할 정도다. 그래도 '클래식'에 빠졌던 때가 그립고, 그 노래들은 지금도 듣고 싶지만, 나는 아무래도 노래 부르기와는 거리가 먼 사람인 것 같다.

한강에서 만난 인어공주

평일인데도 현우는 부지런히 책상 위를 정리하고 사무실을 나왔다. 시계를 보면서 주차장에 있는 자신의 자동차 쪽으로 거의 뛰다시피 걸어갔다. 20분 후 현우는 한강 둔치 일곱 번째 다리 난간 아래로 내려갔다. 조금 있더니 주변의 물결이 일렁이며 검은 사람의 그림자와 같은 물체가 떠올라왔다.

현우는 어느 사이 손에 꽃 한 송이를 들고 천천히 몸을 숙여 물속을 들여다보고 있었다. 아침에 출근했을 때 회사 모퉁이의 꽃집에서 산 붉은 장미 한 송이였다. 물속에서 올라온 것은 긴 머리를 하고 밝은 웃음을 짓는 여자의 모습이었다.

안녕! 하며 현우가 먼저 장미를 손에 쥐여주면서 반갑게 웃었다. 그 여자는 그저 빙긋이 웃으면서 꽃을 쥐고 냄새를 맡아보았다. 현우는 '오늘은 꼭 집에 데려가야지' 하면서 이리 가까이 오라고 손짓을 하였다.

얼마 전이었다. 떠나간 희야를 생각하면서 한강에 나와 슬픔을 달래고 있을 때 물장구를 치면서 현우 가까이 다가온 여인이 있었다. 현우는 어떻게 사람이 물속에서 살 수 있을까 의문을 갖고 가까이 다가갔으나 곧 물속으로 사라지고 말았다. 혹시 내가 잘못 본 것 아닐까 하고 의문을 품다가 다음날 점심시간에 그 자리에 와 보았다.

　'어쩌면?' 하고 생각하던 일이 일어났다. 그 여자가 현우의 발밑에서 웃음을 머금고 올려다보고 있었던 것이다. 현우는 너무나 놀라 말을 잊었다. 얼마 지나 "어디서 사는데 그렇게 오랫동안 헤엄을 치고 있어요?" 하면서 손을 내밀어 보았다.

　그 여자는 계속 웃기만 하면서 손끝으로 물장구를 쳤다.

　"당신 인어예요?" 다시 물었지만 대답은 하지 않고 웃음만 지었더랬다. 그 뒤로 그들은 매일매일 점심시간에 같은 장소에서 만났다.

　"이리 오세요!" 하면서 현우가 손을 내밀었다. 그 여자는 웃으면서 손을 잡고 둔치 위로 올라왔다. 현우는 주위를 둘러보았다. 마침 아무도 없었다. 유난히 더운 여름 한낮이라 사람들이 없었다.

　현우는 곧 손을 잡아 둔치 위로 끌어올렸다.

　아! 현우는 숨을 몰아쉬었다. 여자가 가슴을 긴 머리로 가렸지만 완전히 벗은 모양이었다. 현우는 너무나 놀라 하마터면 여자의 손을 놓칠 뻔했다.

더운 날씨라 땀이 흐르는데 반나체의 여인을 안고 있으니 땀이 비 오듯 흘러내렸다. 손등으로 땀을 닦으면서 어떻게 운전을 했는지 모르게 집으로 왔다.

희야와 결혼까지 생각했던 현우는 깨끗하고 아담한 집을 구해놓고 있었다. 크지는 않아도 작은 마당이 있고 하얀 나무 문이 있는 주택이었다.

현우는 우선 집에 들어가 커다란 욕실 타월을 가져와서 여인을 덮어 안고 집으로 들어갔다. 현우는 완전히 넋이 나간 것 같았다. 얼른 소파에 앉혀 놓고 커피를 끓여야 한다고 생각했다. 커피를 두 잔 내려서 소파로 와서 여인 곁에 앉았다.

그때까지도 여인은 웃음만 머금고 두 눈을 크게 뜬 채 집안을 둘러보았다. 현우는 무슨 말을 해야 할지 생각이 나지 않았다. 그저 멍한 눈으로 계속 여자만 주시하고 있었다.

현우는 궁금해서 견딜 수가 없었다. '왜 말을 하지 않을까? 우리나라 사람이 아닌가?' 영어로 두어 마디 물었건만 역시 대답이 없다. 현우도 묻는 것을 그만두고 계속 얼굴만 들여다보았다. 캄캄해진 밤을 내다보면서 시장기를 느끼고 간단한 저녁 식사를 차렸다. 여자는 그저 커다란 타월로 몸을 감싸안은 채 말 한 마디 없이 큰 눈으로 둘러보더니 허겁지겁 먹기 시작했다.

현우는 옷장을 뒤적여서 반바지와 큼직한 티셔츠를 찾아주었다. 그녀는 부끄러운 듯 옷을 들고 화장실로 가더니 조금 있다가 단정히 옷을 입고 나왔다. 머리도 다시 빗어 넘기고 환한 미소로 현우 옆에 앉았다. 말 한 마디 없이.

그렇게 그녀와의 동거가 시작되었다. 한여름의 뜨거웠던 날이 가고 서늘한 바람이 불어 붉게 물든 단풍잎이 하나둘 떨어질 무렵이었다. 현우는 회사에 갈 때는 언제나 문을 꼭꼭 잠그고 다녔고 점심도 먹을 수 있게 식탁에 차려놓고 나갔다. 여전히 그녀는 말이 없었고 현우는 더욱더 미묘한 감정에 사로잡혀 누구에게도 말 못 할 비밀이 점점 커져 가는 것을 느꼈다. 밤이면 가끔 마당에 나와 밤하늘을 보면서 소통되지 않는 대화를 나누었다. 현우의 가라앉았던 미묘한 감정이 점점 커져 감을 그녀도 느끼는 것 같았다. 말 없는 사람과의 생활이 얼마나 어렵다는 것을 현우가 느껴가기 시작하던 어느 날, 회사에서 돌아오니 그녀가 보이지 않았다. 그녀가 어딜 갔을까? 아무리 찾아보아도 집안에는 없었다. 대문 밖 어디에도 보이지 않고 찾을 수조차 없었다. 현우는 지쳐 소파에 쓰러져버렸다. 생각하니 너무나도 허망한 일이었다. 한마디 말도 없이 두 계절을 살다 간 아름다운 아가씨와의 시간이 너무나도 가슴 아파져서 현우는 깊은 잠에 빠졌다.

얼마 지나 현우가 눈을 떴을 때는 불도 켜지 않은 캄캄한 밤이었다. 현우는 아무것도 머릿속에 남아 있는 것이 없었다.

그동안 '한강에 인어가 나타난다면'이라는 가상 이야기를 소설로 쓴 후에 꿈을 꾼 것이다. 정말로 인어가 한강에 나타난다면 현우가 바라는 바와 같은 일이 일어날 수 있을까?

5. 나는 닭다리만 네 개

아버지와 메밀국수

지금의 을지로 입구는 널따란 사거리로 가장 번화한 곳이지만, 먼 옛날 그 시절에는 버스만 오가는 좁다란 길이었다. 그 사거리에 개성 인삼 상회가 있고, 그 옆에 허름한 한옥이 있었는데, 그 집이 유명한 '메밀국수' 집이었다. 그 시절에도 메밀이 몸에 좋고, 다이어트 식품이라는 소문이 있어서 점심시간이면 주위 회사 사람들로 발 디딜 틈 없이 사람이 붐볐다.

아버지는 아침에 나가실 때 내게만 살짝 "너 오늘 몇 시에 끝나니?" 물어보시고, "점심시간에 회사로 나오렴." 하실 때가 있었다. 그렇지 않아도 아버지와 다니는 것을 좋아한 나는 그렇게 아버지와 메밀국수 집을 자주 다녔다.

지금 생각하면 요즈음 메밀국수와 같은데 지금보다 더 쫄깃하고, 대나무 판에 메밀이 동그랗게 뭉쳐서 나오는데 별미는 장맛이었다. 장국에 파를 동동 띄우고 무즙과 고추냉이를 젓가락 끝으로 떼어 넣고 비벼서 국수를 말아 먹으면 매콤하면서 짭짜름하고 시원했다. 그 맛에 반해 한 판, 두 판 여러 번 먹었다. 그렇게 먹고 나면 아버지는 명동에 있는 '청자 다방'에 가서 커피 한잔 마시면서 마담에게까지 나를 소개하고는 회사로 들어가셨다.

왜 그렇게 나에게만 메밀국수를 사주셨는지는 얼마 뒤에야 알게 되었다. 딸 셋 중에 둘째가 제일 예쁘지 않으면서 뚱뚱하기까지 하여 메밀국수라도 자주 먹이면 조금은 날씬해지지 않을까 생각하셨던 것 같다. 그러나 메밀국수를 그리 많이 먹었어도 살은 빠지지 않고 결혼할 때까지 날씬해지지 않았던 나를 보시면서 얼마나 마음이 아프셨을까. 이 나이가 되어보니 아버지의 사랑이 더욱더 그리워진다.

할머니는 나의 라디오

할머니는 오 척 단구에 뚱뚱하셨다. 아는 게 많으셔서 나는 할머니 이야기 듣는 것을 좋아했다. 이야기가 밤새도록 끝없이 이어질 때도 있었다.

이런 이야기도 있었다. 일본군들이 바다로 끊임없이 쳐들어올 때 우리 어민들은 커다란 갈치 한 마리씩 들고 일렬로 서서 보름날 밤을 지켰다고 한다. 일본군들은 보름달에 하얗게 반짝이는 갈치를 보고 조선 사람들은 힘이 장사여서 저렇게 커다란 칼을 들고 다니니 우리는 이길 수 없을 거라고 모두 도망갔다는 이야기였다. 이때부터 일본사람들은 갈치를 먹지 않는다고 했다. 어렸을 때 그 이야기를 듣고 너무나 신이 나서 손뼉을 치면서 좋아했다.

할머니는 신교육을 받으셔서 기독교에 관심이 있으셨다. 그래서 매일 저녁 성경을 읽으셨던 기억이 난다. 내가 한글을 깨친 후에는 성경을 매일 밤 읽어드렸다.

초등학교 일 학년 때 홍역을 앓던 초봄이었던 것 같다. 비가 부슬부슬 내리는 날 이불 속에서 꼼짝 못 하고 누워 있는데, 라디오에서 '김구' 선생님 장례식을 중계하고 있었다. 할머니는 눈물을 흘리시며 "저 사람, 저렇게 가면 안 되는데……"라고 하시면서 찍찍거리는 라디오 채널을 이리저리 맞추어 가면서 들었던 기억이 생생하게 떠오른다.

할머니는 어린 시절 나의 라디오였고, 나의 TV였다.

마음에서 우러나오는 것이라야

약속이란 상대방과 굳은 신뢰를 바탕으로, 서로의 마음을 이어가자고 다짐하는 거라고 생각한다. 수많은 사람이 약속을 지키기 위해 고통을 받기도 하고, 또 약속을 지켰을 때 즐거워하지 않는가? 나도 사는 동안 많은 약속을 했고, 또 약속을 지키려 노력했고, 대체로 잘 지켰던 것 같다.

아이들과의 약속은 건강을 지키는 것이었다.

큰딸은 움직이는 것을 싫어하는 체질이라 운동을 전혀 하지 않는다. 온종일 누워서 뒹굴뒹굴 TV만 보면서 햇빛에 나가려고 하지 않는다. 그렇다고 살림을 게을리하는 것은 아니다. 알뜰하고 깔끔하게 살림을 잘하지만, 주말 이외에는 다니는 것을 싫어한다. 낮 시간에 아파트 단지라도 걸어보면 좋을 텐데……. 나이가 오십이 가까워져 오는데 걱정이다.

둘째는 어렸을 때부터 몸이 약해 나를 놀라게 한 적이 수없이 많았다. 군대를 갔다 오더니 도리어 몸은 건강해졌다. 하지만 담배를 너무 피운다. 둘째가 고등학교 때 담배를 피우면 나도 피겠다고, 담배를 앞치마 주머니에 넣고 다녔다. 직장에 다니면서 더 많이 피워 걱정을 많이 했는데 3개월 전부터 끊어 얼굴이 하얘지고 살이 오른 것 같다. 엄마와의 약속을 20여 년 만에 지켜준 것 같아 고맙다.

셋째도 운동이라고는 하지 않다가 강아지를 키우면서부터 아파트 단지를 돌고 있다. 하얗고 길쭉했던 종아리에 근육이 생기고, 허리도 반듯이 펴고 걷는 것 같다. 저녁 산책이 우리 식구 모두에게 건강을 주는 것 같아 고맙다.

아이들이 나와의 약속을 지키고 있다고 믿고 싶다.

할머니, 나의 할머니

내게는 엄마와의 기억보다 할머니와의 추억이 더 많다.

내가 여섯 살 때 홍역을 앓았는데 할머니는 내 옆에서 극진히 간호해 주셨다. 절대로 밖에 나가면 안 된다며 라디오를 틀어 주시고 많은 이야기를 해 주셨다. 우리 선조들이 왜구를 물리친 이야기, 병자호란 때 우리나라가 겪어야 했던 수치와 고통에 대해 밤이 새도록 이야기해 주셨다. 내가 역사에 관심을 갖게 된 것도 할머니의 재밌는 이야기 때문이었을 것이다.

할머니는 세 아들 중 막내아들을 큰아들 대신 일본으로 유학을 보냈는데 원폭으로 잃고, 오로지 큰아들에 의지하여 평생을 버티셨다. 그런데 큰아들인 우리 아버지는 젊었을 때부터 심장이 안 좋으셔서 항상 병원에 다니고 입원도 자주 하셨다.

막내를 잃은 아픔이 있는 할머니는 우리를 많이 귀여워해 주셨다. 그중에서도 나를 무척 사랑해서 내게 온갖 정성을 쏟으셨다. 어려서부터 몸이 약한 나는 기침을 많이 했는데, 그때마다 콩나물 엿물, 생강차, 도라지물, 꿀물 등을 끓여 주셨고, 열이 나면 녹두죽, 깨죽 등을 끓여 쟁반에 받쳐 먹여 주셨다. 내게 많은 사랑을 주셨는데 내가 엉뚱한 사람과 만나 결혼을 하겠다 하니 할머니는 무척 마음 아파 하셨다. 남편과 사이가 좋지 않아 할머니를 우리 집에서 모시지 못한 것이 지금도 마음 아프고 한이 된다.

할머니는 교회에 열심히 다니고 교회 사람들을 좋아하셔서 한 달에 한 번씩 팥 시루떡을 하셨다. 그리고는 2, 30명을 집으로 초대하여 잔치를 벌이셨다. 많이 어려웠던 시절인데도 할머니는 아끼지 않고 풍족하게 사람들에게 베푸셨다.

그런 베풂도 소용이 없었던지 말년에 중풍에 걸려서 무척 힘드셨는데, 그때는 아버지가 돌아가신 지 한참 후였다. 엄마는 남편도 없이 시어머니 모시는 것을 꺼려서 할머니는 작은아버지 댁에서 어렵게 사시다가 추운 겨울에 돌아가셨다. 꽁꽁 언 땅에 할머니를 묻고 돌아오는데 흰 눈이 펑펑 쏟아지고 있었다. 나는 한없이 울고 또 울었다.

나는 자유롭고 오지랖 넓고 또 사람 좋아하는 것이 할머니의 성품과 너무나 닮았다. 나는 할머니처럼 살고 싶고, 손주를 사랑하고, 없는 사람 챙기는 할머니의 넓은 마음을 깊이깊이 닮고 싶다. 할머니! 할머니, 그립습니다.

시댁 결혼식

지하철에서 에스컬레이터를 타고 밖으로 나오는 나의 두 빰을 차가운 바람이 사정없이 때린다. 강북의 서울숲이라나?

나는 이름을 처음 듣는 생소한 곳이기는 하나 찬바람에 정신이 번쩍 들어 이름도 이상한 그곳으로 갔다. 떨어진 단풍잎들이 사납게 흩날리는 숲길을 지나 겨우 식장을 찾았다.

십 오륙 년 만에 만나는 시댁 식구들. 오늘은 시댁 장조카의 딸인 손녀뻘 되는 아이의 결혼식 날이다. 조카며느리가 워낙 내게 살갑게 대해 오지 않을 수 없었다.

낯익은 사촌과 육촌들. 나는 매번 보아도 잘 모르겠는 얼굴들이다. 하지만 내가 아는 한, 류 씨네 딸들은 똑똑하고 인사성 밝고 말도 잘한다. 나는 그저 웃음으로만 대하고, 반갑다는 인사는 손을 맞잡는 식으로 대신했다. 신랑댁이 꽤 번잡한 것을 보니 괜찮은 집안인 것 같다.

바로 위 형님인 C를 찾아 얘기의 꽃을 피웠다. 형님은 내가 새댁일 때부터 살뜰하게 보살펴 주셨다. 형님은 시누이들의 말장난에도 굴하지 않고 묵묵히 일만 하시는 꿋꿋한 분이셨다. 살림이 괜찮은데도 두 며느리는 다 보험회사에 다니고 큰아들은 특허청을 다니고, 형님은 지금도 농사일을 하신단다.

형님은 방배동에 땅도 많고 주택도 100여 평이나 되는데, 아직도 옛날 그대로 사신다. "형님, 여행도 다니고 그러세요!" 하면 "여행 다닐 새가 어디 있어?" 하신다. 그러는 형님이 나는 답답하다. 그 많은 재산을 큰아들에게만 주고 작은아들, 딸에게는 전혀 주지 않아서 집안 분위기가 언제 터질지 모르는 시한폭탄이란다. 다 형님이 알아서 하실 일이지만! 나는 형님이 그렇게 사는 것이 안쓰러웠다.

모두들 그동안 할머니가 되어 손주들은 결혼하고, 또 결혼할 손녀들도 늘어섰다니 세월이 참 빠르다. 그동안 시댁하고 담을 쌓고 살아온 세월이 새삼스러워진다.

사람 사는 것이 모두 같을 수는 없다. 그냥 내게 주어진 환경에서 나름대로 살아가는 것도 하나의 지혜려니 싶다.

점심을 먹고 하나둘 일어나기에 나도 우리 아이들과 카페에서 차 한 잔씩 마시고 헤어졌다. 집에 돌아오는 길에 여러 가지 생각으로 마음이 복잡했다.

무엇일까? 무엇이 내 마음을 짓누르는 걸까?

사위의 상자 사랑

오랜만에 딸네 집에 갔다. 현관문이 열리고 중문에 들어서니 나를 반기는 고양이들의 까만 눈동자 4개가 반짝인다. 그냥 들어가면 섭섭해할까 봐 한 번씩 머리를 만져주고는 마루로 들어선다. '밍밍이'는 반갑다는 듯이 내 발 옆에 주저앉아 쿵쿵댄다. 벌써 15년째 키우는 우리나라 토종 고양이다. '바리'는 길을 가다 다리를 다쳐 걷지 못하는 것을 데려다 키웠다. 딸이 상처를 치료해 주고 키운 지 10년, 이제는 식구가 되어 같이 살아간다.

베란다가 넓어서 거기에 상자를 몇 개 쌓아 놓고 마루에도 여러 개의 상자가 쌓여 있다. 과일 상자, 인스턴트 음식이 담겼던 상자 등 제법 튼튼한 상자들이 많이 있다.

사위는 3개월마다 외국 근무지에서 한국으로 휴가를 오는데, 그때마다 바벨탑 모양으로 쌓는 상자 모양이 달라진다. 고양이들이 뛰어다니며 놀으라고 높이 쌓아 놓기도 하고, 모양도 제각각 다르게 집을 지어주기도 한다.

고양이들은 이른 봄철이면 털갈이를 심하게 하는데 나는 이 때 날리는 털을 싫어한다. 그만 키우라고 해도 식구들이 고양이와 함께 워낙 오래 지내와서 포기하지 못한다고 말한다.

그래도 고양이 두 마리에게는 불문율이 있고, 고양이들은 그 불문율을 지키려고 애를 쓴다. '밍밍이'에게는 언니 방에 절대 들어가지 못하게 하고, '바리'는 아빠 방에 들어가지 못하게 했다.

그렇게 질서도 지키면서 고양이를 키운다니 나도 할 말은 없다. 상자를 예쁘게 쌓아 집도 만들고, 터널도 만드는 우리 사위의 상자 사랑을 더욱더 북돋워 주고 싶다.

나는 닭 다리만 네 개!

"엄마, 난 다리로만 4개야."

일요일 늦은 점심을 치킨으로 결정한 후 각자의 입맛에 맞춰 주문할 때였다. 나와 며느리는 양념치킨을 시키고 아들은 닭 다리만 시킨 적이 있다.

어렸을 때 일요일이면 삼계탕을 자주 끓여 먹곤 했다. 토종 닭 한 마리면 우리 다섯 식구가 웬만큼은 먹을 듯하여 한 마리 만 삶았다. 하지만 식탁에 올려놓고 보면 아차 싶었다. 제일 먼 저 애들 아빠가 다리 하나를 쭉 뜯어내어 먹으면, 다음은 내가 다리 하나를 뜯어 큰아들에게 쥐여준다. 큰아들은 입도 짧고 몸이 허약해 먹는 것이 시원치 않았기 때문이다. 닭 다리 하나 를 쥐여주면 우리가 밥상을 물릴 때까지 먹고 있곤 했다. 그리 고는 나머지 가슴살과 날개를 뜯어서 큰딸과 막내아들에게 주 면 닭 한 마리가 남지 않게 된다.

그렇게 한두 해 먹다가 막내가 6살쯤 되었을 때는 두 마리를 고았다. 그러면 닭 다리가 모두에게 돌아가게 된다. 그런데 어떻게 막내가 예전 일을 기억했는지 가끔, "나는 닭 다리 한 개도 못 먹었어." 하면서 나에게 심통을 부리는 것이다. 넉넉하지는 않았지만 그렇다고 닭 한 마리만으로 때우려는 의도는 없었다. 그때 나는 닭 비린내가 싫었고, 먹다가 남기면 다시 먹게 되지 않아서 한 끼에 모두 먹어버리려 한 것이었다.

어릴 때 기억이 어찌 그리도 잊히질 않는지, 닭 먹을 때면 언제나 심통 비슷한 짜증을 낸다. 심지어 자기 처에게도 실없이 "나는 맛있는 거 얻어먹지 못했어. 나는 주워 온 아들인가 봐." 하면서 나를 놀려대곤 한다. 나는 더 할 말을 잊고 지난 일을 기억하려 애써 본다.

다 같은 내 자식인데 왜 그렇게 큰아들에게만 신경을 썼을까? 그때는 몰랐지만 지금 생각해보니 여러 가지 이유가 있었다. 큰아들을 가졌을 때는 큰딸을 낳고 산후 우울증이 심해 힘들었던 때였다. 그리고 임신중독증으로 위험한 고비도 겪었고, 낳은 지 3개월 만에 친정아버지가 돌아가셨다. 장례를 치르느라 왔다 갔다 하면서 큰 아이는 우유가 맞지 않아 고생하더니 그 후는 우유를 먹지 않게 되었다.

젖도 나오지 않아 매일 미음만 끓여 먹이다 보니, 아이의 건강은 말로 표현하기 어려운 지경에 이르렀다. 그래서 더 신경을 쓰다 보니 입에 맞는 것만 먹이게 되었다. 그러던 중에 또다시 막내가 태어나서, 큰아들은 또 뒷전으로 밀리게 되었다.

큰아이는 다른 아이들보다 키울 때 더 힘들었다. 하루하루가 아픔으로 다가왔다. 먹기만 하면 체하고 소화가 안 돼 응급실을 들락거렸고, 모든 것이 제 뜻대로 되지 않으면 밥이고 뭐고 아무것도 먹지 않고 눈만 멀뚱거려 나를 아주 힘들게 했다.

중학교에 다니던 어느 날 책상 서랍을 열어보니 탈지면에 싸인 굵다란 바늘이 있어 나를 놀라게 했다. 소화가 안 돼 약을 먹이면 그 약으로 또 체해서 결국 병원을 찾았고, 그때마다 주사며 약을 먹는 것보다는 스스로 제 손을 따느라 바늘이 있었던 것이다.

그렇게 중학교를 마치고 고등학교는 별 탈 없이 다니더니 이번에는 얼음에 미끄러져서 팔이 부러지는 일이 생겼다. 다행히 왼손이어서 3개월 동안 깁스를 하고 다녔다. 그렇게 정신없이 지낼 때도 큰딸과 막내는 아무 일 없이 건강하게 자라 주는 것 같아 그들에게는 소홀해질 수밖에 없었다.

한데 딸아이가 기침을 심하게 해 병원에 갔더니 백일해라고 했다. 백방으로 약을 구해 먹였지만 낫지 않았다. 한여름에는 괜찮았지만 찬바람 부는 계절만 되면 기침을 해서, 고3 때는 선생님이 결석으로 처리하지 않을 테니 제발 집에서 공부하면 좋겠다고 말씀하셨다. 기침이 심해서 다른 아이들에게 방해가 된다고……. 나는 아이들을 다른 사람들보다 더 어렵게 키웠던 것 같다. 그래서 막내에게는 신경 쓸 새가 별로 없었다. 또 막내가 무엇이든 잘 해내고 있었기에 나는 막내에게 건강하라고만 했던 것 같다.

그랬기에 막내가 닭 다리에 집착한다는 걸 몰랐다. 이제 와 생각하니 결혼생활이 나에게는 시련이었고, 가도 가도 끝이 없는 사막의 길을 걷는 것과 같았다. 이제 나도 늙고, 자식도 쉰 가까이 되어 내게 그런 말을 하니, 나는 너무나 당황스럽고 또 자식들만을 위해 살았던 나에게는 가슴을 도려내는 아픔으로 다가온다.

하지만 이제 세월은 흘러 아이들도 제 자식을 길러보면 내 마음을 알아주리라 믿으면서, 오늘도 닭 다리만을 씻어 양념에 버무려 튀길 준비를 하고 있다. 닭 다리를 빼앗겼던 막내가 맛있게 먹으면서 닭 다리에 대한 예전의 서운함을 넉넉히 잊어보라고.

우리 집 식구들의 악몽

"어머니 일어나 보세요. 코코가 좀 이상해요"

급한 소리에 후다닥 일어나 마루로 뛰어나왔다.

우리 집 강아지 코코는 컴컴한 강아지 집 구석에 앉아 있고, 그 옆에 거무스레한 것이 보였다. 나는 얼른 손으로 집어 보았다. 물컹하면서 차갑게 느껴졌다. 두 손으로 감싸고 가슴을 살살 문질러 보았으나 새끼는 숨은 쉬지 않고 차갑기만 했다.

"언제부터야?" 며느리에게 물었더니, "6시 반까지 있다가 잠깐 잠들었다 깼는데 코코 혼자서 새끼를 낳았나 봐요." 한다. 다른 강아지들은 새끼 낳을 때 진통도 하고 그런다던데, 코코는 아무 소리도 내지 않고 혼자서 진통도 참아내며 사생아를 낳아서 가슴에 품고 있었던 것이다.

내가 깔아놓은 타월을 이리저리 뒤집어 보니 또 한 마리가 있었다. 이번에는 좀 커다란 새끼였다. 얼른 두 손으로 움켜쥐고 작은 입을 벌려서 계속 숨을 불어 넣으면서 가슴을 엄지손가락으로 눌러 보았다. 한참을 그렇게 했으나 새끼는 온기가 느껴지지 않았다.

"도대체 이게 무슨 일이니?" 우리 가족 모두 왈칵 눈물이 쏟아졌다. 그렇게도 식구들 모두가 네 마리의 아가들이 태어나기를 기다렸는데……. 저번 주까지는 동물병원에서 네 마리의 심장 소리를 들었었고 몸이 무거워서 그렇지 평소와 다름없이 애교쟁이 코코였는데. 누가 이런 일을 상상이나 했을까?

코코도 너무 놀랐는지 눈을 동그랗게 뜨고 어쩔 줄을 모른 채 나만 쳐다보고 있었다. 나는 처음부터 제왕절개 수술을 하고 싶었는데, 수의사가 자연분만을 충분히 할 수 있다고 해서 안심하고 기다렸는데……. 너무 놀라고 충격적이라 말이 나오지 않았다.

아직 병원 오픈 시간도 안 되었고 두 마리는 아직 배 속에 있는 터라, 금방이라도 또 출산할까 싶어 조금 더 기다려보기로 했다. 한두 시간이 지나도 코코는 누워서 꼼짝을 하지 않는다. 안 되겠다 싶어서 아들에게 병원에 가자고 채근하고 서둘러 채비했다.

동물병원에 와서 초음파 검사를 하니 나머지 두 마리도 심장이 뛰지 않는단다. 수술해서 사생아를 꺼내야 했다. 이미 배 속에서 사산된 지 꽤 시간이 흘러버린 바람에 코코도 감염으로 인해 위험할 수도 있어서 자궁적출 수술을 해야 했다.

애지중지 키워서 이렇게 허무하게 한 마리도 살리지 못하고 모두 보내야 한다니 너무 슬펐다. 사람도 짐승도 모두 마찬가지인가 보다.

우리 식구들이 이렇게 마음이 아픈데, 어미인 코코는 어떤 마음일까? 수술 후 병원에 입원시키고 쓸쓸하게 돌아와 보니 집안이 텅 빈 듯 허탈했다.

수술은 잘되었고 일주일간 통원치료를 하면 된다고 해서 다음날 배에 붕대를 감은 코코를 집으로 데려왔다. 오자마자 새끼를 낳았던 강아지 집 안으로 들어가 냄새를 맡고 나를 불안한 눈으로 경계하듯 쳐다보았다. 내가 죽은 새끼 두 마리를 모두 안아서 치웠기 때문인가 보다.

계속 이리저리 다니면서 냄새를 맡더니 평소에 갖고 놀던 딸랑이공을 물고 방석의자로 들어가서는 꼼짝도 안 한다. 내가 다가가 만지려 하니 으르렁거리며 경계한다. 수술한 부위가 아프기도 할 테고 병원에서 스트레스를 받았을 테니 편히 잠자게 내버려두자고 옆으로 물러나 있었다.

밤새 잠도 제대로 자지 못하고 집 안 구석구석을 찾아 헤매고 거칠게 숨을 몰아쉬기도 한다. 딸랑이공은 새끼인 양 분신처럼 꼭 물고 다니면서……. 그렇게도 내가 귀여워해 주었는데, 이제는 내가 제 아가들을 뺏어간 줄 아는 눈치다.

산후 우울증이 인간에게만 있는 것이 아닌가 보다. 코코의 아픔이 느껴져 한동안 나도 먹먹해져 있었다. 하루빨리 악몽에서 깨어나 다시 우리 집 귀염둥이 코코로 돌아오기를 간절히 바란다.

우리 식구들은 사랑으로 널 기다릴게!

6. 죽음, 그에게 보낸다

죽음에게 보내는 편지

　유난히도 무더웠던 지난여름을 어떻게 지내셨어요? 더운 곳
도 추운 곳도 아닌 줄 알지만, 당신은 인간의 더위 느낌을 알
수 있나요? 아무리 더워도 아무리 추워도 떠날 사람은 떠나고
남는 사람은 남겠지요. 떠나는 사람은 홀가분하게 모든 것을
내려놓고 떠나니 좋겠지만 조금이라도 미련이 있으면 떠나기
가 무척 힘들겠어요.

　당신과 나와의 만남은 처음이 아니고 두 번째인데 그동안 우
리 사이가 조금은 가까워졌나요? 너무 가까워도 안 되고 멀어
도 안 되는 우리 사이가 어쩌면 짝사랑하는 안타까운 여인 같
아요. 우리가 이런 사이가 아니었다면, 아니 서로를 잘 알고 더
욱더 가까이 다가갈 수 있다면 아마 나는 벌써 머얼리 손이 닿
지 못하는 곳에 서 있겠지요.

　남들이 나보고 말하기를 '복이 많은 여자'라고 하더군요. 효

자 아들과 며느리. 그리고 어디든지 갈 수 있는 건강한 몸을 가져서 좋다고요. 이 행복이 언제까지 지속되려는지 몰라요.

물론 나는 당신을 두려워하지 않아요. 오히려 당신이 따스하게 느껴진답니다. 언젠가는 차가운 눈빛으로, 차가운 손길로 나의 온기를 앗아가리라는 것을 알지만요.

사랑하지는 않지만 당신을 이처럼 항상 마음에 묻고 살아가는 이 마음을 이해해주세요. 우리의 만남이 타인이 생각하는 '죽음에의 인도자'라는 것을 잊고 둘이 만날 것을 약속하면서 열심히 생활하겠습니다. 당신도 나를 비껴가면서 충실히 생활하십시오.

만날 때까지 부디 안녕하시기를!

비우고 또 채우면서

새해가 또 나의 방 창문을 두드리며 반겨 달라고 속삭이고 있다. 70번 넘게 반겨 왔건만 해마다 맞는 마음과 보내는 마음이 어설픈 놀이를 하는 듯하다.

나이가 들어갈수록 몸과 마음이 '아! 올해도 무사히 보냈다.' 하는 안도감이 느껴지기도 하지만 깊은숨이 쉬어지는 것은 어쩔 수 없다.

한 해 두 해 지날수록 깔끔한 방에 옷이 쌓이고, 책이 모이고, 운동기구도 여기저기 늘어져 있다. 그것들을 바라보면서도 치울 생각 없이 하루가 가고 이틀이 지나간다. 화장품도 이것저것 써 보느라 쌓인 것들을 소쿠리에 담아 침대 밑에 모아 놓았다. 말괄량이 소녀처럼 살고 있는 나를 본다.

어느 하루 말끔히 정리해 모든 것이 제자리를 찾아가면 마음이 허전해지리라. 그래도 다시 또 제자리로 돌아가겠지.

빈 마음에 채울 것이 무언인가를 생각하다가 하루를 보내고 있는 자신을 돌아보게 된다.

마음에 남은 온갖 잡념과 모든 시름을 내려놓고 밝고 맑은 웃음과 즐거운 생활로 이웃들과의 소통을 차곡차곡 채워가고 싶다. 힘들었던 지난날의 나를 위로해 주고 힘들 때 나에게 손을 내밀어 잡아준 사람들이 바로 내 주위 사람들 아니었던가?

새해의 창문을 두드리는 소리가 그칠 때까지 고마움을 가득히 채우고 싶을 뿐이다. 그리하여 창문에 붉은 황혼의 빛이 드리울 때까지 조용히 살고 싶고, 붉은 노을이 지듯이 아름다운 하늘을 보며 아쉬움 없이 눈을 감고 싶다.

세 번의 용기

사람이 일생을 살아가면서 용기를 필요로 하는 일이 얼마나 있을까? 자그마한 일도 용기를 낸다면 큰 일이 될 것이다. 이럴까 저럴까 망설이는 일도 하나를 선택하기 위해서는 용기가 필요하다.

나의 결혼도 그런 망설임 속에서 용기로 뛰어든 일종의 모험이라 생각된다.

아버지의 병세가 기약할 수 없는 상태라 엄마의 성화로 여기저기 선을 보고 다닐 때였다. 하지만 선을 보고 결혼한다는 것은 나의 성격과 너무나 맞지 않았다. 그래서 친구의 소개로 한두 번 만났던 사람과 결혼을 고민하게 됐다. 믿을 만한 사람이라고 생각했다. 긴 시간을 두고 생각한 뒤에 용기를 내어 결혼하기로 했다.

쓸데없는 용기를 내어 결정한 이 결혼이 나에게는 가장 미련

한 짓이기도 했다. 그건 내 인생에 가장 용기 있게 결정한, 가장 비겁한 일이었다는 것을 결혼 후에야 깨닫게 되었다. 하지만 그래도 그 결정을 끝까지 이어가려고 무척 애를 썼더랬다.

우리의 결혼생활을 위태롭게 보아온 사람들이 주위에 많았다. 그러나 쓸데없는 용기 때문에라도 나는 끝까지 이어가려 했다. 하지만 삼십칠 년이라는 긴 터널을 지나서야 또 한 번 용기를 내어 밝은 세상 밖으로 나왔다. 쓸모없는 용기를 두 번이나 되풀이한 나의 인생이었다. 하지만 이제 돌아보면 그렇게밖에 할 수 없었던 것은 나의 자존심 때문이었던 것 같다.

마지막 한 번의 용기는 남편이 알코올성 뇌졸중으로 쓰러졌을 때 내가 그를 다시 받아 준 것이다. 결국 나는 내 인생 세 번의 용기를 모두 허비한 후에 내 본연의 생활로 돌아왔다.

인천국제공항으로 Go!

무더운 여름날이었다. 친구와 나는 인덕원에서 만나 4호선을 타고, 동작역에서 인천국제공항으로 가는 9호선 지하철로 갈아탔다. 기차는 깨끗하여 쾌적한 분위기였고 승객이 그리 많지 않아 기분이 상쾌했다. 여행 가는 사람들은 목적지까지 얼마나 가야 할지 이정표를 보면서 즐거운 표정으로 앉아 있었다.

여유로운 우리는 시원한 곳을 찾아 여행 가는 즐거움을 만끽하려고 공항에 가는 것이다. 여행 가방도, 여권도 없이 G패스 한 장으로 그 길을 공항철도를 타고 시원하게 갔다. 그래서 우리는 한껏 즐거웠다.

공항에 도착하자 갑자기 비행시간에 쫓긴 사람들처럼 우리는 3층 게이트 있는 곳으로 올라가 누굴 찾는 것 같은 표정으로 여기저기 돌아보다가, 아! 우리는 공항에 놀러 온 사람이었지, 하는 안도감으로 식당을 찾아다녔다.

입이 까다로운 친구가 이것도 싫다, 저것도 맛없다 하기에 결국 카레를 먹기로 했다. 전통 한국 카레인데, 맛은 별로 없었다. 뜨내기손님들이니 맛있게 할 리가 없지. 맛은 없었지만, 우리는 배가 고파서 열심히 먹어치웠다. 그리고는 커피를 한 잔씩 들고 이 층 발코니에 자리 잡고 앉아 아래층을 내려다봤다.

수많은 사람이 어디를 저렇게 오고 가는지? 바쁘게 오가는 사람들이 부럽기도 하고 안타깝기도 하다. 행복을 찾아가는 건지, 불행을 안고 오는 건지, 각자의 인생길을 모두 다 부지런히 오가고 있다.

우리는 별 뜻 없는 얘기로 오후의 한가함을 달래며 앉아 있었다. 시원하고 조용하기까지 한 이런 곳이 있었던가? 여러 사람의 표정과 행동을 마음껏 구경하면서 시간 가는 줄 몰랐다.

어둑해져서 다시 공항철도를 탔는데, 갈 때보다는 손님들이 훨씬 많았다. 공항 리무진도 전국 곳곳으로 가지만, 철도도 만만치 않았다. 각지로 여행을 다녀오는 사람들이 피곤한 표정으로 유리창에 기대어 눈을 감고, 오랫동안 헤어졌던 이들은 마주 보면서 손을 잡고 얘기를 주고받는다. 공항 리무진을 타면 여러 사람들의 표정을 볼 수가 없어 심심한데, 지하철을 타면 다양한 사람들의 표정을 보면서 갈 수 있어 너무나 재미있다.

친구와 하루를 잘 보내고 집으로 돌아오니, 비행기를 타지는 않았지만 어딘가 저 멀리 갔다 온 것처럼 피곤이 몰려왔다.

살아 있음에 감사하며

우리나라는 OECD 국가 중에서 자살률이 1등이란다. 왜 그렇게 자살하는 이가 많은가. 순간을 이겨내지 못하고 극단적인 행동을 하는 사람이 많은 것 같다. 죽어야 하는 이유가 있듯이 사람은 태어난 이상 살아야 할 이유도 있다고 생각한다.

철없던 시절 나도 죽고 싶었을 때가 있었다. 어느 날, 아무런 이유 없이 '유서'라는 걸 써 놓고 밤길을 헤매면서 어떻게 죽을 것인가를 생각했다. 그렇게 골목길을 한없이 걷다가 뒤에서 들리는 발소리에 놀라 뛰어서 집에 오니 일이 벌어져 있었다. 엄마가 그 편지를 보고 정말 죽으러 나갔던 줄 알고 대문을 열어놓고 기다리고 계셨다.

"뭐가 부족해서냐? 뒷집 네 친구 정자는 동생 넷을 돌보면서 밥해 먹고 학교 다니는 데 뭐가 불만이냐? 그렇다면 죽어도 싸다." 하시면서 등짝을 불이 나게 후려치셨다. 나는 깜깜한 골목길의 발자국 소리를 생각하면서 엄마한테 빌고 또 빌었다. 내가 정말 죽으려 했나? 왜 죽으려 했나? 생각해보니 이유도 없이 나도 한번 해보았던 것 같다.

고등학교 짝꿍이 가정이 불행하여 자살을 몇 번씩 시도해 보았다고 나에게 이야기한 적이 있다. 연탄불을 피워 놓고 잤는데 늦게 온 동생에게 발견되어 병원에서 한 달을 고생한 적도 있다고 했다. 그러다 대학을 졸업한 후에 그 친구는 나이 많은 사람과 결혼해 캐나다에 이민 간다고 환한 얼굴로 나를 찾아왔더랬다.

그 일 이후로 죽음이란 생각도 하지 않았고, 어려움을 이기면 반드시 기쁨도 오리라 믿고 살게 되었다. 나이 들어 작은 일에 기뻐할 줄 모르고, 지난 일에만 집착하면 현실을 망각하게 될 수도 있다.

어렸을 때의 한 번 실수로 나의 삶이 끝났더라면 어찌 되었을까? 어려웠던 결혼생활을 이겨내고, 노년에 또 다른 삶의 의미를 찾게 되어 한없이 즐겁다. 그리하여 살아 있음에 감사하고, 살아감에 행복을 느끼고 있다.

너무 걱정하며 살지 말걸

'70여 년을 살아오면서 후회한 일이 없었던가?'

후회한 것은 아니지만 후회하려고 했던 일은 있는 것 같다. 결혼했던 일? 한때는 후회가 되어 마음 아픈 생각을 키웠던 때도 있었다. 하지만 그것만이 전부는 아니다.

내가 후회해야 하는 것은 결혼이 아니고 '한 사람'을 잘못 만났다는 것이다. 결혼은 나에게 어쩔 수 없는 선택이었는데 그 사람을 만난 것이 잘못이었던 것 같다. 만나지 말아야 했던 사람을 만난 것이 내 인생의 가장 큰 실수였으며, 지금까지도 가장 아픈 기억으로 남아 있다.

결혼생활은 나에게 지옥과 같았다. 남편은 365일 내내 술과 도박과 외박으로 일관했고, 자식과 아내라는 개념 없이 망나니 같은 생활을 했다. 왜 그런 생활을 해야만 하는지 본인도 모르는 채 깊은 수렁 속에서 헤매는 상식 없는 사람이었다.

내 결혼의 가장 큰 문제점은 어렵게 살아온 그의 과거 생활이 만들어낸 피해의식 때문이었던 것 같다. 모든 것이 나에게 운명처럼 다가왔지만 나는 피하지 못하고 암담한 돌담 밑으로 떨어져 검은 파도에 휩쓸려 버린 그런 생활이었다. 물론 나에게 주어진 운명이었지만 순간의 선택이 잘못되었기 때문이리라.

그렇기에 결혼이 후회되는 것이 아니라 다만 결혼 상대자로 한 사람을 잘못 선택한 것이 후회스럽다. 지금은 모든 것이 끝나고 나 홀로 되었지만 그래도 결혼을 후회하지 않는 것은 사랑하는 나의 분신들이 있기 때문이고, 그것이 바로 살아가는 이유가 된다.

'아, 너무 걱정하며 살지 말걸 그랬다.'

너무나 아까운 옷

철이 들어 이제까지 60여 년 동안 나는 '유행'에 얼마나 뒤처졌는지, 아니면 앞서갔는지?

전쟁 이후 안정된 생활이 시작되면서 물밀 듯 밀려오는 외세에 편승해 유행은 하루가 다르게 변화되어 갔다. 한복에서 양장으로 변했고 그 양장은 1960년대 초에는 미니스커트로 바뀌어 갔다. 너무나 달라붙어 강의실 가는 길의 층계를 올라가기 힘들 정도로 꼭 끼게 입고 다녔다. 그 시절에도 '다이어트'가 성행했고 식당 밥보다 우유 한 잔과 비스킷 몇 조각으로 점심을 때우는 사람들이 많았다. 1970년대에는 나팔바지가 유행하여 판탈롱이 거리를 휩쓸었고, 어른도 학생들도 장발에 넓은 통바지를 너풀거리며 거리를 다녔다.

옷의 유행은 봄날 바람처럼 휩쓸고 지나가고, 유행이 지나버린 옷들은 장롱 구석에 쌓여만 갔다. 버리자니 아깝고, 누구를 주자니 욕심이 나고, 리폼해서 입자니 수선비가 너무 비싸서 옷장에 넣어두고 보기만 한다.

아들은 입지 않는 옷은 버리라고 날 나무라지만, 버리기에는 너무나 아까운 옷들이기에. 그렇다고 옷을 안 사 입는 것도 아니고 새로운 옷이 나오면 자꾸만 사고 싶어 사는 옷도 만만치 않다. 이제는 옷 사는 일도 조금은 줄여야겠다.

어둠 속의 대화

서울 북촌마을 가회동에 100% 어둠을 체험하는 '어둠 속의 대화'라는 곳이 있다.

어둠을 향해서 한 발 두 발 두 눈을 꼬옥 감고 걸어갔다. 아무것도 만질 수 없고 보이는 것도 없는 어둠이 무엇인가 하는 의문만을 느끼면서 더듬거렸다. '어둠'이라는 두 글자가 머릿속 깊이 들어오는 느낌이었다.

로드 가이드가 말하는 대로 걸음을 옮겼지만 옆에 아무도 없는 것처럼 느껴졌다. 한 손으로는 지팡이를, 한 손으로는 앞뒤 사람 옷자락을 손끝에 잡으면서 걸어갔다. 처음에는 어지럽고 머리가 흔들렸지만, 눈을 감고 걸으니 무언가 느낌이 달라지는 것 같았다. 거기에 바람 소리, 새소리, 파도 소리. 어렴풋이 들리는 온갖 청각을 자극하는 소리들을 들으니 조금은 안정이 되었다.

내 눈이 서서히 나빠지기 시작하는 때에 이러한 체험을 하니 너무나도 감동이 몰려왔다. 친구가 당뇨도 아닌데 눈이 보이지 않아 살던 집에서도 계속 넘어지고 다치고 한다는 말을 들었을 때, 나도 언젠가는 그렇게 되지 않을까 하는 불안감에 휩싸이기도 했다. 그런데 심한 불안감을 갖고 가는 것은 바람직하지 않은 것 같다. 서서히 어둠에 길들어가며 익숙해지는 것이 좋을 것 같다.

가이드는 25, 6세쯤 된 것 같은데 출생하면서부터 벌써 눈이 보이지 않았다고 한다. 엄마의 임신 중 약물 부작용으로 시신경이 망가졌다고 한다. 담담하게 이야기하는데 듣기가 매우 안쓰러웠다. 그래도 열심히 공부하여 이런 곳에서 자기의 몫을 다하고, 앞으로 언제 어떻게 될지 모를 앞일을 더듬어 헤쳐 나가는 용기에 박수를 쳐주고 싶다.

노인이 되어서

현대는 100세 시대란다. 시대가 좋아져서인지, 먹거리가 풍부해서인지 모두들 건강하게 살고 있다. 운동들도 잘하고, 노래도 잘하고, 온갖 것을 누리며 잘살고들 있다. 옛날에 못했던 것을 맘껏 누리고 싶은지 악착같이 즐겁게 살려고 한다.

그렇지만 정작 노인네들에게서 이해와 배려란 찾아볼 수가 없다. 아무리 복지가 잘 되어 있다 해도 노인들은 더욱 커다란 보상을 받고 싶어하고 또 더 받기를 바란다. 손을 잡아주면 어깨를 안아 달라 하고 어깨를 안아주면 몸까지 번쩍 들어 안아주기 바란다.

지하철을 무료로 이용하게 해주니까 이제는 버스까지 무료로 해주기를 바란다. 복지관을 지어서 온갖 혜택을 받게 되니까 점심값 천 원도 내기가 아까운지 공짜를 바라는 것이 노인들의 심리다.

이렇게 노인들의 계속되는 '받자' 심리는 어디에서 온 것일까? 복지관에는 여성들이 남성들보다 많다. 물론 여성의 수명이 남성보다 길다는 것 때문만은 아닌 것 같다. 어려서 여자라는 이유로 천대받고 교육도 제대로 받지 못한 데다, 일찍 결혼하여 고된 시집살이와 남편의 학대에도 말 한마디 하지 못하고 성의 노예로까지 전락하여, 오직 자식만을 위해 살아왔기 때문일 것이다. 그러나 이제는 나이 들어 홀로 되었으니 그동안 길들여진 온갖 틀을 깨트리고 이성을 되찾아 돌아와야 하는데, 교양 부족인지 또는 무식함으로 인한 것인지, 오로지 자신을 부각시키기 위함 때문인지 이해와 배려가 결여되어 보인다.

우리는 밥 한 그릇, 외출 한 번 하지 않더라도 내일을 생각해야 하는 것 아닐까? 이제라도 서로 이해하고 앞으로의 후대가 더욱 번창하도록 고개를 숙이고 겸손해야 할 것 같다. 그리하여 젊은 사람들로부터 저 어르신은 참 바르게 행동하신다는 말을 들을 수 있도록 매사에 본받을 수 있는 모범이 되어야 하겠다. 배려심 없어 보이는 언행을 삼가야 할 것이다.

노년의 춤 사랑

아주 인상적으로 보이는 부부인 Y 씨 내외와 가까이 지내게 된 계기가 있었다. 항상 웃으며 인사하는 모습이 너무 행복해 보였다. 아들 내외와 손자 하나를 데리고 살고 있는데, 전직 교사 부부였다는 그들은 항상 둘이서 함께 다니면서 노익장을 과시했다. 우연한 기회에 알게 되어 이제는 가끔 동네 카페에서 치킨과 맥주도 한잔하는 사이가 되었는데, 내가 이해 못 할 이야기를 들었다. 그렇듯 얌전하고 부부 금슬이 남달라 보이는데, Y 씨가 무슨 이유에서인지 한 가지 독특한 취미를 가졌다는 것이다.

십여 년 전부터 구청 문화센터에서 '웰빙댄스'라는 걸 배워서 콜라텍을 다닌다는 것이었다. 낮 시간에 잠깐 다녀오면 그렇게 시원하고 스트레스가 확 풀린다고 했다. 숲속마을로 이사 오기 전부터 동네 콜라텍을 다녔는데, 거기서 80대 노인과 여러 번 만나기도 했단다. 점잖은 노인이 항상 같이 손잡아 달라고 하여 여러 번 마주하다 보니 서로 가깝게 지내게 되었다고 한다. 가끔 저녁 식사도 하게 되었고 서로의 가정생활도 이야기하는 친구가 된 것이다.

그렇게 2~3년 지내다 이곳으로 이사를 왔는데 그 노인이 집 가까이에 있는 콜라텍까지 찾아온다고 했다. 전에 살던 곳에서 두 시간 가까이 지하철을 타고 와서는 전화를 해 두 시간 동안 즐기다 헤어진다는 것이다.

두 사람은 그저 순수하게 취미 생활을 즐긴다고 하는데, 그것이 가능한 일일까? 나는 도대체 이해가 가지 않았다. 춤을 춘다는 것도 이해할 수 없는데, 그 먼 곳에서 왕복 4시간 걸려와서는 두어 시간 놀다 간다는 그 노신사의 '댄스 정열'에 놀라고, Y 씨의 이중생활에 더 놀라 한동안 만남이 꺼려졌다.

70대 후반의 Y 씨와 80대 중반 노신사의 춤 사랑이랄까? 둘의 관계는 취미 생활을 즐기는 순수한 사이라고 하지만 노년들의 춤 사랑을 이해하자면 나는 아직 멀었나 보다. 나는 아직도 노년 예찬론자가 아닌 것 같다.

꿈을 잃은 여인 이야기

그녀는 오늘도 호숫가를 힘없이 거닐고 있다. 온갖 추억이 깃든 이 호수를. 아침 햇살을 받아 반짝이는 물결을 바라보면서 잊히지 않는 지난날을 생각한다.

육십여 년을 가족에 둘러싸여 잊혔던 자신의 청춘이 허망하게 사라져버린 흔적들. 부모님의 투병과 동생의 정치활동으로 마지막 남은 집마저 털려버리고 작은 임대주택으로 옮겨 앉은 지도 6~7년이 됐지만, 부모님의 병세도 동생의 단체장 출마도 덜해질 줄 몰랐다. 학원에서 아이들 가르치고 받는 얼마간의 보수가 전부인 그녀는 이리 뛰고 저리 뛰고 생계를 도맡아야 했다.

이러한 환경이다 보니 결혼할 생각도 하지 못했고 또 독신을 다짐했던 때도 있었기에 여태껏 버티어 왔다. 그러나 이제는 결혼하여 안정적인 생활을 하고 싶었다. 여기저기서 중매가 들어와 한 사람을 사귀게 되었는데 부인과 사별하고 두 딸을 데리고 다소 편안한 생활을 하는 사람이었다. 이상형은 아니더라도 그녀는 이 사람과 남은 일생을 같이해도 괜찮겠다고 생각하고 사귀기 시작했다.

경제적으로 안정된 사람이라고 믿었지만, 미혼인 딸이 아버지의 재혼을 적극 반대하기 시작했다. 새 여자가 들어와 자기들 몫인 아버지의 재산을 빼앗아간다고 생각하여 적극적으로 결혼을 반대하는 것이다. 여자의 로망인 드레스를 입고 싶었던 그녀는 설득하려 했지만 아무리 해도 만만치가 않은 일이다.

그녀는 안정적인 남자를 만나 전원주택을 지어서 아래층을 갤러리 겸 카페로 하고 싶은 자신의 꿈을 결코 버릴 수 없다. 그러나 이런 꿈이 남자 딸의 반대에 부딪히자 남자는 한 발 한 발 뒷걸음치기 시작했다. 육십 평생을 지켜온 '다이아 미스'라는 자부심이 부서지는 순간이었다.

설득도 이해도 통하지 않으니 결국은 그녀가 물러설 차례인 거다. 처음이자 마지막인 사랑과 결혼의 꿈이 무참히 짓밟히고 허망만이 남아, 너무나 비참한 심정으로 모든 것을 내려놓고 싶은 마음뿐이지만 홀로 계신 어머니를 생각하며 버티고 있다. 언제까지 이렇게 버틸 수 있을지…….

추억이 깃든 호숫가를 방황하는 그녀는 오늘도 비 오는 오솔길을 거닐고 있다.

우리의 5년 후

5년 후에는 또다시 선거 열풍이 불겠지? 또 나는 누구를 찍을지 한참을 망설이고 있을 게다.

아카시아 향기가 모락산을 뒤덮고 있을 때, 나는 카페의 그네 의자에 앉아 먼 산을 바라볼 거야. 무릎은 부어 걷기 힘들고 눈은 더욱 보이지 않고 지난날의 추억으로 살아가는 할머니가 되어 있을 게다. 먼 날 인문학을 함께하며 소곤거리던 아우님들과 선생님을 그리면서 그날 한두 자 적었던 잡기장을 하나둘씩 읽어보고 있을 게다.

지금 다들 무얼 하고 있을까?

서서희 님은 훌륭한 작가가 되어 문단을 누비고, 혜순 님은 장편을 발표하고, 문일 씨는 추리소설 작가로 TV를 누비고 있겠지? 우남 선생님은 한국문단의 혜성 같은 작가로 노벨상 후보자로 거론되고, 정연옥 님은 로맨틱 단편으로 젊은이들의 롤

모델이 되어 있을걸. 임성하 님은 남편과 산티아고 순례길 걷기에 세 번째 도전한다는 기사를 볼 것 같다. 자그마한 체구에 어떻게 그런 끈기와 용기를 가졌는지 야무진 표정으로 산티아고 그 먼 길을 걸어가는 모습을 상상해보기도 한다.

내가 가고 싶었던 길이건만 이제는 한낮의 꿈이 되어버리고 나와 인연의 끈으로 이어진 이들! 그때 미래의 작가님들은 각자 제 갈 길 가며 인생의 황혼을 즐기고 있을 게다.

나는 팔십 줄에 올라앉아 꽃향기와 음악 소리에 나의 마지막 생활을 즐기고 있겠지?

선입견

우리나라에서는 길을 가거나 산을 오른다거나 멀리 해외를 여행하거나 할 때 똑같은 모습이 하나 있다. 그것은 부부가 길을 걸을 때나 등산하는 중에도 다정하게 손을 잡고 다니는 사람이 별로 없는 것이다. 남녀가 함께 손잡고 다니는 사람들 대부분은 결혼 전 연인이거나 젊은 사람들뿐이다. 왜 그럴까? 손잡고 다니면 지나가는 사람들이 힐끗힐끗 쳐다보며 흉을 보는 것 같다. 저 사람들은 정말 부부일까?

이웃집 형님이 하루는 자기 부부의 이야기를 했다. 남편보다 자신이 세 살 많다고 했다. 같은 학교에서 교직 생활을 하다가 결혼하게 되었는데, 남편과 외출할 때면 언제나 손을 잡고 다닌다고 한다. 그것이 습관이 되어서 무심하게 다녔는데 나이가 많아질수록 주위의 눈이 따갑게 느껴지기 시작했다고 한다.

올해 봄꽃들이 아름답게 피었을 때 호수를 찾아 거닐었는데 젊은 부부가 마주 오다가 눈인사를 하면서 지나가기에 형님 내외도 목례하고 몇 걸음 비켜 걸었다. 그런데 그쪽 여자가 "잠깐요." 해서 돌아보니 "복지관에서 만난 커플이죠?" 해서 너무 놀라 말문이 막혔단다. 잠깐 침묵하다가 남편이 "예, 그래요" 하면서 형님 손을 이끌고 그 자리를 피했단다. 왜 그렇게 대답했냐고 물어봤더니 그렇게 단정적으로 물어보는데 어떻게 달리 대답할 거냐고 했다고 한다. 형님은 할 말이 없어서 그냥 웃어버리고 말았단다.

왜 그런 식으로 물어볼까? 복지관에서 만나는 커플들이 많아서일까? 아니면 부부가 손을 잡고 다니는 사람이 없으니 손을 잡고 다니는 사람들은 무조건 다시 만난 사람일 거라는 선입견을 가진 것일까?

비단 이런 경우뿐 아니라 우리 여자들은 선입견과 편견이 너무 많다. 그 때문에 피해를 당하는 사람들이 많으니 제발 쓸데없는 '선입견'과 '편견'일랑 떨치고 좀 더 남을 이해하고 배려하는 사회를 만들었으면 하고 바랄 뿐이다.

히말라야의 쓰레기

우리 음식들은 채소를 다듬어 데치거나 무치고 여러 가지 방식으로 조리해서 쓰레기가 많이 발생한다. 이 쓰레기들을 봉투에 담아서 음식물 쓰레기 수거함에 넣는다. 집을 치우다 보면 이것저것 버릴 것이 많아진다.

얼마 전 친구들이 '하늘공원'에 가자고 해서 상암역에서 만나 셔틀버스를 타고 공원 정상에 올라갔다. 시원한 바람이 불고, 코스모스와 갈대가 흐드러지게 피어 마치 다른 세상에 온 것 같았다.

여기가 어디냐고 물으니, 모두들 한목소리로 "그 유명한 쓰레기 산 난지도야." 하는 것이다. '난지도' 하면 하늘까지 쌓여 올라가던 쓰레기더미였을 뿐인데, 언제 이렇게 꽃동산으로 변했단 말인가? 우리는 가을을 만끽하고 저녁노을을 감상하며 하루를 보냈다.

우리가 자랄 때는 조금 후미진 곳이면 언제나 쓰레기더미가 쌓여 있고, 하수도 시설도 열악하여 길거리가 온갖 오물투성이였다. 그러나 여름에 비만 한 번 오고 나면 개천으로 깨끗이 쓸려가고 길거리도 깨끗해지곤 했다. 이제 세계를 움직이는 국가의 하나로 우리의 위상이 높아졌듯 거리거리가 깨끗해졌다.

쓰레기는 우리나라만의 문제가 아니라, '히말라야 설산'도 몸살을 앓는다고 한다. 등반도 좋고 구경도 좋지만, 쓰레기 없는 등반이 어디 있으랴? 먹고 남은 쓰레기를 골짜기에 버리는 세계 제일봉 히말라야의 등반객들의 추한 행동에 가슴이 아려온다. 한국 사람들도 버린 것인지, 한국 제품의 껍데기가 굴러다니기도 하는 것을 TV에서 보았더랬다.

앞으로는 좀 더 깨끗한 등반과 생활로 지구를 아름답게 가꿔 나가야 하지 않을까.

뒷모습

나는 뒤를 잘 돌아보지 않는다. 왜냐고?

즐거운 일이나 슬픈 일이나 마음에 담고 걸어가는 모습을 보이기도, 보기도 싫기 때문이다. 마음이 걸리는 일이면 어깨가 축 늘어져 있을 것이고, 기쁘고 즐거운 일이면 춤을 추듯 어깨를 높이 흔들며 걸어갈 것이다. 그러한 뒷모습이 싫은 것이다.

둘이 만나든, 여럿이 만나든 정이 들어 헤어지기 아쉬울 때도 있고, 서로가 의견이 달라 기분 나쁜 언행이 오가면 당장 얼굴 보기가 민망해 발길을 돌리기도 한다. 그래놓고 집에 와서 돌이켜 생각하면 후회가 밀려오고 멋쩍어서 다음에 얼굴 마주 보기가 민망하다. 이 세상을 좋은 일만 하면서 살아가도 짧은 나날인데 서로 기분 좋지 않게 낯을 붉혀야 할 이유가 있을까?

먼 옛적 중학생일 때, 친구와 다툼이 있었다. 무엇 때문이었지는 기억에 없지만, 그때부터 그 친구가 보기 싫어져서 졸업

할 때까지 말을 하지 않았다. 왜 그랬을까? 그 친구 언니가 나를 불러 잘 지내라고 어깨를 두드려준 것까지 기억나는데 왜 싸웠는지는 생각이 나지 않는다. 내가 별나서 그랬겠지만, 그 일을 아직까지 기억한다는 것은 내가 잘못했었다는 걸 알기 때문이다.

그때 그 친구가 돌아가는 모습을 보고 내 잘못을 알았지만 끝내 그 친구를 돌려세우지 못했다. 그 후로 다시는 그 친구를 만나지 못했고, 잘 살고 있다는 것만을 친구들에게서 전해 들었다.

이렇듯 나는 뒷모습을 보이고 싶지 않아 헤어질 때는 상대방을 대부분 먼저 보내고 싶다. 나의 등을 보이기가 싫어서……

검은 그림자를 기다리며

기다림이란 무엇인가. 가슴 가득히 안겨 오길 바라는 것이 아닐까? 한 줄기 기쁨과 바람과 빛이 되어 삶의 윤활유가 되길 바라는 희망을 품는 것일 게다, 아마도. 멀리 떠나간 옛사랑의 전화, 보고 싶은 손녀의 반가운 목소리도 모두가 기다림 속에 숨어 있다.

하지만 나는 기다리는 것이 있다. 내게 어떻게 다가올지 모르는, 일생에 단 한 번 오는 것. 두려움에 기다리지 않아도 된다는 것을 나는 기다린다.

검은 그림자의 너를!

때로는 두려움에 떨기도 하지만 단 한 번 맞이해야만 하는 것! 즐거이 갈 수도 있고, 두려움에 휩싸여 미련을 두고 발길이 돌려지지 않을 수도 있다.

나는 비관주의자는 아니다. 삶을 사랑하고 나의 분신들을 지

극히도 사랑하고 친구를 사랑한다. 그러나 좋아하고 사랑하는 것만을 내세울 수는 없는 것이 생활이다.

처음 내가 너를 만난 건 할머니였다. 나를 그렇게도 사랑하였던 할머니! 나는 그때 나름대로 힘든 생활을 하고 있었기에 할머니의 떠나시는 모습을 제대로 느끼지 못했다.

다음은 아버지. 너무나도 불쌍하신 아버지. 꿈도 많으시고 능력도 많으신 아버지. 젊은 나이에 너무나도 일찍 너와 손잡고 떠나신 아버지. 내겐 후회와 절망뿐이었으니…….

내게 삶의 후회와 온갖 모멸을 안겨준 남편이라는 사람. 그는 너를 반기지 않았지만 그래도 70년을 버티다 너와 결국은 손잡고 말았지. 그 사람은 삶의 열정도 없이 그저 살다가 떠난 사람이다. 하고 싶은 것도, 자식을 위함도, 삶의 욕망도 없이 술만을 좋아하다 떠난 사람!

나는 기다린다. 내겐 네가 어떤 모습으로 다가오는지?

"삶이 언젠가 끝난다면 사랑과 희망의 색으로 칠하고 싶다." 라는 샤갈의 말처럼 나는 너와 만나기 전 내가 할 수 있는 데까지 온 힘을 다하여 색을 칠하고 있다. 그 그림이 다음에는 어떤 말로 표현되는지 알 필요는 없겠지만, 나는 모든 힘을 다해 나의 살아온 나머지 살아갈 색을 칠하고 있다.

너와 나 다정히 손잡고 나를 어두운 곳, 아니 환하고 밝은 곳으로 데려가 준다면 행복한 생각을 하면서 따라갈 수 있지.

기다려지는 너와의 만남. 슬퍼하지도, 안쓰러워하지도 말자.

7. 차 한잔 할래요?

꽃을 든 남자

초인종이 경쾌하게 울렸다. 비디오폰을 눌러보니 모자를 눌러쓴 그가 화면 가득히 웃고 있었다. 문을 여니 향기 가득한 꽃들이 내 앞에 있다. 깜짝 놀라 얼굴을 드니 꽃바구니를 나에게 안겨준다. 무슨 꽃을 좋아할까 몰라 작은 꽃집에 있는 꽃을 하나하나 꽂아 온 것이란다.

"생일 축하해요."

꽃처럼 화알짝 웃으면서 다시 한번 꽃을 내게 안겨준다. 각양각색의 꽃이 어우러져 바구니에 담겼는데 향기가 너무 좋았다. 무심코 생일이라고 말한 것을 잊지 않았다니! 내 평생 환갑때 아이들이 안겨준 꽃다발밖에는 받은 적이 없는데. 이 나이에 꽃바구니를 받아드니 너무나도 감격스러웠다.

"고마워요, 한번 안아줄게."

안아주려니 얼른 한 발 뒤로 물러서 버렸다. 그렇듯 신체 접촉

을 꺼려 해서 우리가 만난 지 일 년 가까이 되었는데도 겨우 손
만 잡을 수밖에 없었다. 그래도 우리는 환하게 웃고 또 웃었다.

너무나도 닮은 것이 많고 생각하는 것도 같아서 한동안 하루
가 멀다고 만났다. 그러나 그가 사정을 밝히지 않고 연락이 없
을 때가 종종 있었다. 그래도 우리는 천진난만한 소년 소녀들
의 첫 만남처럼 마냥 좋기만 했다.

이제 모든 것이 산자락에 젖어 든 저녁 안개처럼 스러져가
고, 아픈 가슴에 상처만이 남았다. 그래도 언젠가는 다시 만나
똑같은 즐거움을 만끽하는 소년 소녀이고 싶다.

그나저나 오늘이 그의 생일이라지?

차 한잔 할래요?

오늘은 친구들이 위로가 필요한 나와 항암 주사를 맞고 온 종옥이를 위해 삼겹살을 먹으러 청계로 가기로 한 날이다. 카페에서 만나보니 두 친구는 모두 남자친구들과 앉아 있고 친구한 분이 따로 서 있었다. 얼른 보아도 아주 짝이 맞는 세 커플이었다.

"차 한잔 할래요?"

탁음이 귀밑에서 나에게 말한다. 돌아보니 환한 웃음으로 남자가 건네는 말이다. 기다리던 목소리였건만 어찌하랴. 나는 그를 돌아보며 "안돼요, 친구들과 약속이 있어서." 하고는 친구들과 짝을 지어 복지관을 빠져나왔다. 순간 그 자리를 피하고 싶었지만 이제까지 나의 울림을 무시한 그에게 보란 듯이 마음을 접은 것처럼 보이게 했다.

왜 그 말이 쉽게 나왔을까? 친구들에게 일이 생겨 다음에 가자고 하면 될 텐데. 그리고 그와 따뜻한 차를 마시면서 지난 얘기를 했더라면 이렇듯 암흑 속으로 나 자신을 밀어 내치지는 않았을 텐데. 순간의 선택이 그의 오해를 불렀고 자존심을 건드려서 몇 달간의 침묵을 더욱 가중시켰다. 이후 자책과 회한으로 하루하루를 황량한 벌판을 걷는 것처럼 보내고 있다. 아무리 미안함을 적어 보내도 아득한 그의 마음. 인도 여행 이후 몸과 마음이 나로부터 떠나 있었던 것이다.

이제는 만나면 즐거운 것보다는 불안한 마음이 앞서는 우리 사이이다. 더 이상 만나서 무얼 하나 하는 불안감 때문이다. 그리하여 이미 모든 것을 정리했다는 뜻이 담긴 서로의 마음을 둘 다 읽어버린 것이다.

웃으며 지나칠 수도 있었을 하찮은 오해 때문에 서로를 배려하지 못한 우리 사이라면 이대로 가슴 아픈 이별이 될 수도 있다. 떠나는 이, 보내는 나. 우리 모두 노년의 잠깐 스쳐 지나가는 '인연'일까?

너의 죄를 사하노라

얼마 전 TV 드라마에서 나왔던 대사였는데 많이 유행했던 말이 있다. "너의 죄를 사하노라." 누구든 용서하고 용서받는 것이 매우 쉬운 일처럼 느껴지게 하는 말이다.

그러나 누가 누구를 용서하고 용서받을 수 있을까? 용서받는 사람은 온갖 짐을 내려놓는 마음일 거고, 용서하는 사람은 그간에 쌓인 모든 스트레스를 내려놓는 것이다. 순간적으로 잘못을 하는 사람도 있고, 오랫동안 잘못을 쌓아 온 이도 있을 텐데 누가 누구를 용서하고 용서받는다는 말인가.

서로 사랑해서 영원히 헤어지지 않을 것 같던 사람들도 시간이 흘러 싫증이 나고 사소한 다툼으로 오해가 쌓이면 두 사람의 사이는 이미 헤어짐을 향하고 결국 그들은 영원한 이별을 맞게 된다.

자그마한 오해가 쌓여 서로를 경계하면 헤어짐도 불사하게 된다. 그런 이별 뒤에는 서로를 그리워하며 추억의 오솔길을 걷고 또 걷는다. 다시 만날 용기도 없고 오해를 풀려고도 하지 않고 서로를 그리워하면서도 자존심으로 뭉쳐진 소심한 사람은 더 이상의 집념을 버리고 사랑을 끝낸다. 홀가분하게 서로의 갈 길을 가는 것이다.

그리하여 '나는 너의 죄를 사하노라' 하면서 스스로를 위로해 본다.

질투

오늘도 감감무소식!

내가 별명을 두더지라고 한 것이 얼마나 적절했는지 나 자신
도 놀랍다. 갑자기 사라져버리는 일이 어찌 한두 번뿐이었나?
대답하기 곤란하든가 나를 피하고 싶을 때면 언제나 사라져버
리는 사람. 그러다 갑자기 다가와 잊은 듯 대하는 그를 나는 왜
놓지 못하는지…….

그 사람의 형편을 모르는 바 아니건만, 나는 묘한 감정에 휩
싸인다. 아직도 믿지 못하는 그의 행동에 깜짝 놀란다. 믿음 위
에 쌓아가는 정이라지만 우리는 아직도 위태로운 줄타기를 하
는 피에로들인가?

낮이면 낮마다 밤이면 밤마다 불안한 마음이 이어지는 우리
의 관계는 벌써 4년 가까이 지속되고 있다.

나의 마음속에 깊숙이 파고든 질투심 때문에 이런 일이 이어

져 오는 것이리라. 내가 특별히 질투가 심한 걸까? 언제나 나의 소유물인 양 생각하고 싶은 것이 잘못일까? 내 손 안에 쥐어지지 않는 사람. 나 스스로 그의 손 안에 들어가 있는 나를 돌아본다.

이제는 모든 감정이 사라질 만큼 나이도 들었건만 이런 감정은 왜 달라지지 않는 것일까? 질투라는 감정이 그와 나의 사이를 파고들어 있는 한 나는 언제까지나 이런 마음 졸임을 계속하여야 할 것 같다. 여자는 질투의 화신이라는 말이 나에게 맞는 것 같다.

핸드폰을 못 쓰는 사람

약속 시각이 지났는데도 오지 않는다. 틀림없이 오늘 이 시간인데. 잊어버렸나? 차가 막히겠지? 하지만 한 시간이 지나도 오지 않는다.

손에 든 핸드폰을 열두 번도 더 열었다 닫았다 하는데, 문자도 없고 벨 소리도 울리지 않는다. 지치다 못해 이제는 짜증이 나려고까지 한다. 검지 하나만 움직이면 날 이렇게 기다리게 하지 않고 마음 아프게 하지 않을 텐데. 이렇게 좋은 문명의 이기를 이용할 줄 모르는 이유가 무얼까? 무심하게 시간만 가고 나는 자꾸만 절망의 구렁텅이로 떨어진다. 언제부터인지 이렇게 소식 없이 기다리다 지쳐서 무거운 발걸음으로 돌아오는 일이 잦아졌다.

이유도 없이, 미안하다는 말 한마디 없이 우리는 다시 만나고 또 만나는 것만이 즐거운 듯 떠들어대는 그런 사이가 되어

버렸다. 반복되는 만남으로 가슴 밑바닥에 의문은 쌓이고, 만나도 마냥 즐겁지만은 않은 만남이 계속되었다.

그동안 주고받았던 숱한 말들이 저장된 우리 둘의 대화가 모두 지워졌다는 말을 들은 건 얼마 후다. 우리는 만나고 또 만나고 또 끊임없이 핸드폰을 사용하여 문명의 이기를 만끽해야 하지 않을까. 검지만이 아닌 양손으로 십 대들처럼 수많은 말들을 작성하고 저장하여 먼 훗날 추억의 한 장을 만들 수 없을까.

노인회장 선거

오늘도 그는 열심히 인사하고 다닌다. 노인들에게 끝없이 허리 굽혀 인사하고 손을 맞잡아주며 웃음 가득 띤 얼굴로 반가워한다. 원래 인상이 나쁘지 않고 온화한 상이므로 모두에게 호감을 준다. 아무리 인생 백세시대라 해도 그가 70 중반에 이렇듯 허리를 굽히면서까지 한 가지 일을 향해 나아가리라 생각지 못했다. 이런 작은 성공을 꿈꾸어 왔던 것일까?

내가 아는 그는 소극적이고 내성적이라 가까이 지내는 사람도 없었고 이런 일에 나서는 성격이 아니었다. 전에는 서로 보아도 별 인사도 없었다. 사람이 어떻게 이렇게 달라질 수 있을까? 마음 깊숙이 이런 열정이 숨어 있으리라고는 생각 못 했다.

그런 사람이 감히 용기를 내어 도전의 깃발을 들어 올렸다. 확실히 될 것이라는 보장도 없는데 왜 돈과 시간을 들여 정열을 불태우려고 하는 것일까?

내겐 불안감이 쌓여왔지만, 그는 점점 희망찬 내일을 보고 있다. 95세 되신 어머니께 효자 노릇 다하지 못하면서 동네 어르신 얼굴을 마주 대하며 엄마에게 못 드리는 정을 나누고파 한다. 이제 보름 남짓 남았을까? 결전의 날이!

나는 친구로서 그를 응원해야지. 나에게 무언가 부족한 것을 해주려는 그의 큰마음이 가득 채워지고, 그의 생전의 꿈을 이룰 수 있도록 열심히 응원해 주어야지.

노년의 작은 성공을 위하여, 화이팅!

벌거벗은 몸

M은 여자들에게 인기가 있다. 반백의 머리에 큰 키, 딱 벌어진 어깨와 날카로운 눈매, 여자들에게 호감을 주는 미소에 매너 또한 일품이다. 몸에 밴 Lady First 에티켓과 보통 사람들보다는 우월감을 느끼게 해주는 태도. 이 모든 것이 여자라면 한 번쯤 대화해보고 싶은 마음이 드는 남자다. 젊었을 때의 수많은 경험을 조리 있게 이어가는 화술 또한 그중 하나이다. 비밀에 싸인 자기의 가정사는 절대로 이야기하지 않는 것까지……

그런 그에게 아픈 상처가 있다. 17, 8세 때에 같은 동네 또래 여학생하고 친하게 지내다가 졸업 후 군대에 가면서 헤어지게 되었다. 그 뒤 첫 휴가 때 다시 만나게 되었는데, 그 만남이 그의 일생에 커다란 전환점이 되었다고 한다.

휴가 나온 그가 그녀의 집에 찾아갔더니, 그의 동생이 "누나 아파서 병원에 갔어요."라고 해서 병원으로 갔다. 병원 복도에서 그녀의 어머니를 만나 "어디가 아픈가요?"라고 물었다. "응.

맹장이래. 저기 수술실에 있어. 들어가 봐."

무심코 수술실에 들어갔던 그는 심장이 멎고, 두 다리가 그 자리에 얼어붙는 것 같았다. 작은 침대 위에 긴 머리를 하고 누워 있는 그녀는 실오라기 하나 덮지 않은 알몸이었다. 한참 지나 정신을 차린 후 그녀와 눈이 마주쳤다. 얼른 시트를 집어 그녀의 몸을 덮어 주었다. 그러나 "덮어주면 안 돼요."라는 간호사의 날카로운 목소리에 다시 정신을 차렸다.

"보호자 되세요?" 하고 간호사가 물었다. 대답을 망설이자 "환자 2층 병실로 옮겨 주세요" 하고는 휙 나가 버렸다. 어쩔 줄 몰라 하다가 얼른 안아 들고 2층 병실 침대에 눕힌 후 이불을 덮어주고는 뒤도 돌아보지 않고 밖으로 나왔다. 어린 나이에 여자의 나체를 보고 너무나 큰 충격을 받았던 것이다.

그 후 군대로 편지가 여러 번 왔지만 답장도 하지 않았고, 제대 후에 그녀의 어머니가 집으로 찾아 왔지만 만나지 않았다. 2, 3년 지난 후 결혼했다는 소문을 듣고 난 후에야 긴 안도의 숨을 내쉬었다. 그녀에게 커다란 잘못을 저질렀던 것 같은 마음의 부담감을 가졌었는지도 모른다.

그 후부터 M은 여자의 몸을, 여자를 가까이하지도 않고, 여자에 대하여 뭐랄까 자신도 알 수 없는 두려움 같은 것을 느끼기 시작했다고 한다. 어렸을 때의 기억이 뚜렷이 되살아나서 그가 여자를 멀리하며 아직도 독신(?)으로 사는지 모르겠다.

작은 방에 적막이 흐른다

매일매일 쓸쓸한 마음으로 하루해를 떠나보내고 있다. 달빛이 휘영청 창문에 비치지만, 마음 깊숙이 바람 소리가 불어오는 채로 하루가 가고 한 달이 가고 일 년이 간다.

나의 생활이 갈 길을 잃고 어둠 속에 흩날리고 있다. 사람은 한평생 얼마나 사랑하고 사랑받으며 살 수 있을까? 불행했던 과거는 사라졌다고 생각한 나에게 행복한 시간이 찾아올 수 있을까? 만나면 즐겁고 행복한 것이 사랑하는 사람과의 만남이 아닐까? 이제 우리는 마무리하는 삶을 살아가고 있는데, 이렇듯 외롭고 쓸쓸한 생활이 어찌 행복한 마무리를 할 수 있는지 스스로 의구심이 일어난다.

두 손을 맞잡고 마음을 모아 따스한 온기로 서로를 감싸 안으면서 창살에 비치는 햇살처럼 살아야 하는데⋯⋯. 서로 의지하고 사랑하면서 마지막을 보내고 싶을 뿐이다. 사랑받지 못한 사람과 사랑하고 싶은 사람이 만나 마음의 지팡이가 되어 살아가면 안 되는 걸까? 나는 황혼의 꽃을 피우기보다는 마무리 인생의 반려자에게 지팡이가 되기를 희망한다.

폼페이 최후의 날

　점심 먹고 온다는 사람이 3시가 되어도 소식이 없다. '금요일에는 사우나 가기'로 약속이 되어 있는데도 말이다. 여기 기웃, 저기 기웃, 다 다녀보아도 없다. 도대체 어디 있는 거야? 오기는 온 건가? 이렇게 속을 썩고 있는데…….

　에라 모르겠다, 잠이나 자자, 하고 자리 잡고 누워 있다가 다시 일어나 2층에 올라가니 그가 계단에서 마주 보이는 곳에 누워 과자를 먹고 있었다. 화가 머리끝까지 치밀어서 "왔으면 찾아봐야지!" 하고 소리를 질렀다. 다 찾아도 없었단다. 하긴 같은 옷을 입고 같은 바지, 비슷한 몸으로 구부정하게 있는 걸 어떻게 찾는담.

　그래, 내가 또 져야지. 이렇게 하루 이틀 난 자꾸 빠져들어간다. 끝없이 주절대는 이야깃거리며 아슬아슬하게 만나는 우리 둘 사이.

오늘도 영화로 끝나나 보다. 영화는 본 적이 없다는 그를 끌고 벌써 몇 번째 영화 관람인가? 〈폼페이 최후의 날〉을 보고 난 후 난 이렇게 말했다.

"나는 저런 경우라면 미리 죽어버릴 거야."

진실한 사랑이면 마지막 순간을 같이 해야 한다는 뜻의 말일까? 이 나이에 진실한 사랑이 있을까? 하긴 우리는 아직도 손잡고 거니는 10대들이니까.

약을 먹지 않아도 오늘은 잠이 잘 올 것 같다.

기다리고 싶은 사람에게

오늘 밤도 내게는 고통스러운 불면이 찾아오나 봅니다.

언제부터인가 이렇듯 잠 못 이루는 날이 많아지고 있습니다. 철없는 소녀도 아닌, 사랑에 목매는 열정의 나이도 아닌데, 이 나이에 무슨 꼴사나운 짓이냐고 웃기도 하겠지요.

이 나이에 이렇게 가슴 시린 일이 일어나리라고는 생각도 하지 못했지요. 그저 막연히 생을 마감하기 전에 나의 미완의 사랑들이 꽃피워 하나의 완성된 행복인 '사랑'을 누려보았으면 하는 기대는 했지요.

우리는 우연히 만난 것은 아니지요. 같은 해에 태어나 나이가 같다는 뜻에서 '친구'하자고 내가 먼저 말했지요. 당신 어렸을 때의 불행한 생활들이 내겐 신기하였고 자신을 드러내지 않으려 꼭꼭 숨기는 그 마음을 열어보고 싶은 호기심도 발동했으니까요. 하지만 만나면 만날수록 깊은 수렁으로 빠져드는 느낌이었고 이야기가 끝없이 이어져 나오는 작은 입과 반짝이는 눈을 보면서 나는 '마술'에 빠져들고 있었어요. 나를 만나면 이제까지 어느 누구에게도 하지 않았던 이야기를 털어놓게 된다고 얼굴을 붉히는 당신을 보았을 때 우리는 어쩔 수 없이 단 한 번의 밧줄에 얽혀 버린 것을 알 수 있었습니다.

맘 내키는 대로 발길 닿는 대로 다니고 싶은 것도 우리는 서로 닮았다고 웃기도 했지요. 닮은 것이 너무 많아 깜짝 놀랄 때도 있었지요. '왜 우리는 좀 더 일찍 만나지 못했나' 싶을 때도 가끔 있었지요. 하지만 이제야 만난 것도 늦은 것은 아니지요. 사랑과 만남에 늦고 빠름을 얘기하는 것은 어리석은 것 같아요. 만남의 그 순간에 충실하며 남은 삶, 우리 행복했으면 좋겠어요.